죽은 시인의 사회

b판시선 034

하종오 시집

죽은 시인의 사회

도서출판 b

시인을 아무리 의미 있는 존재라고 주장해도 시집을 읽는 독자가 시인이고, 시집을 내는 시인이 독자인 요즘, 시인과 독자 이외에겐 무용해지고 있는 시를 나는 또 썼다.

소년 때 시인이 되기를 갈망했고 청년 때 시인이 되어 위대한 시의 시대로 불렸던 저 1980년대를 살아냈으며, 그리고 말년에 접어든 나는 이 『죽은 시인의 사회』*에 등장하는 작고시인들보다 대체로 오래 살았으나 머지않아 죽을 것이다.

나 스스로 찾아 공부했거나 심독心讀 혹은 음독音讀했던 시를 쓴 작고시인들 중에는 여전히 외경하는 시인이 있고, 오래 전부터 비판하는 시인이 있다.

그 작고시인들을 시공간을 넘어 현재로 환원하거나 치환하는 상상을 하면서 허구적 시작詩作을 통해 현시대의 몇 가지 문제를 고민했고, 시인이란 어떤 존재인지 생각했다.

그 작고시인들이 현존한다면 나에게 할 충고를 짐작하면서
내가 쓴 이 『죽은 시인의 사회』와는 사뭇 다르게 그 작고시인들
이 새롭게 작품 활동하며 형성하는 '죽은 시인의 사회'가
어딘가에 여럿 존재하기를 희망한다.
　그리고 나의 시적 성취를 반성한다.

하종오

* 피터 위어 감독, 톰 슐만 각본의 동명 영화에서 제목만 차용했다.
　이 연작시의 구성에 시인들의 생몰연대와 작품 활동연대를 고려하지 않았으며,
　순서에 의미를 부여하지도 않았다.

| 차 례 |

죽은 시인의 사회 · 1

용정에서 취재하러 남한에 온
조선족 난민의 후손 윤동주 시인이
말이 통하지 않아 어찌할 바를 모르는
나를 데리고 예멘 청년들을 만났다
나는 도무지 알아듣지 못하는 아랍어를
능숙하게 구사하는 윤동주 시인을 보면서
시를 잘 쓰면 절로 아랍어가 터득되나 보다 했다
윤동주 시인은 대화 내용을
바로바로 나에게 통역하였다
난민 신청했다가 인도적 체류 허가받은 예멘 청년들 중에는
시를 습작하는 시인지망생 하산 씨가 있어
시인인 우리를 알아본다고 했다
예멘 청년 하산 씨는 시골에서 태어나 자라 도시에서 공부했
으며
어릴 적부터 시인이 되기를 꿈꾸었노라고 말했다고 했다
그런 말을 들은 내가
윤동주 시인도 마당에 자두나무가 있고
울 밖에는 살구나무가 많고 쪽문을 나가면 우물이 있고

대문을 나서면 텃밭이 있는 집에서 태어나 자라면서*
어릴 적부터 시인이 되기를 꿈꿨다고
말하려다가 입을 다물었다
예멘 청년 하산 씨가 인도적 체류 허가받은 지금 처지로는
시를 습작하기에 난망해 보여
요즘은 무슨 꿈을 꾸느냐고
윤동주 시인에게 물어봐달라고 부탁했다
윤동주 시인이 내 질문을 전했는지
혹은 전하지 않고 다른 질문을 했는지 몰라도
몇 마디 중얼거리는데도
낯빛이 빛나 보이는 예멘 청년 하산 씨와
윤동주 시인이 환하게 웃으면서 악수를 해서
나도 따라서 환하게 웃으면서 악수를 했다
윤동주 시인은 용정으로 돌아가지 않고
남한에 머물면서 예멘 청년들과 자주 만나야겠다면서
시인지망생 예멘 청년 하산 씨가 한 대답을 나에게 들려주었
다
한국어를 배우고 싶다,

한국어로 시를 쓰고 싶다,

난민이 된 예멘인들에 대해서 한국어로 시를 쓰고 싶다,

예멘에서 벌어지고 있는 내전은 보통 예멘 사람들이 벌린

전쟁이 아니라는 걸 보통 한국 사람들에게 전하고 싶다,

한국어를 가르쳐달라, 고…

---

* <시사저널>(2017. 9. 29)의 기사 「'조선족 윤동주' '한국인 윤동주' 우리에겐 '두 명의 윤동주'가 있다」 중에 이런 대목이 있다. "윤동주의 친동생인 고 윤일주 성균관대 교수는 윤동주 생가에 대해 그의 저서 『윤동주의 생애』에서 이렇게 묘사했다. '우리 남매들이 태어난 명동집은 마을에서도 돋보이는 큰 기와집이었다. 마당에는 자두나무 들이 있고, 지붕 얹은 큰 대문을 나서면 텃밭과 타작마당, 북쪽 울 밖에는 30주가량의 살구와 자두 과원, 동쪽 쪽대문을 나가면 우물이 있었고, 그 옆에 큰 오디나무가 있었다.'"

죽은 시인의 사회 · 2

남한에서 북한으로 넘어갔다가
숙청되어 처형되었단 설이 있고
육이오전쟁 통에 행방불명되었단 설이 있는
오장환 시인이 예멘인으로
제주에 입도했다는 뜬소문을 들었다

남몰래 읽은 시집을 찾아 다시 읽으면
오장환 시인이 꿈꾸던 사회가
아직도 이루어지지 않았고
오장환 시인이 기다리던 인간도
아직도 태어나지 않아서
그 사회와 인간을 찾으러
제주에 왔다는
가당찮은 예감을 떨칠 수 없어
나도 제주에 왔다
어떤 국가에도 어떤 시대에도
시인이 꿈꾸는 어떤 사회가 이루어지고
시인이 기다리는 어떤 인간이 태어날까만

여전히 꿈과 기다림을 버리지 않았을
오장환 시인을 확인하고 싶었다

내가 제주에서 만난 예멘인들에게
오장환 시인을 아느냐고 물었을 때
뜻밖에도 입을 모았다
예멘에선 시인이라고 해도
전사가 되지 않았다면
아마 못 살아남았을 거라고
예멘에서 탈출했다면
아마 제주에 입도했을 거라고
이슬람 수니파와 시아파가 전쟁하는 예멘에선
예멘인들 개개인이
수니파든 시아파든 무슬림이 아니든
총을 들지 않으면 죽거나 굶주려야 했다고

나에겐 젊은이로 기억되는 오장환 시인,
북한에서 숙청당하여 처형되지 않았다면

육이오전쟁 통에 행방불명됐다면
가난한 인민이 사는 가난한 국가
예멘으로 절대 갈 수 없었다고
누가 장담할 수 있겠는가
제주에 절대 올 수 없다고
누가 증명할 수 있겠는가

죽은 시인의 사회 · 3

예멘에서 부모님과 함께 와서
인도적 체류 허가받은 자이납 어린이와
권정생 시인이 만났다
자이납 어린이가 머무는 제주에선지
권정생 시인이 지내는 안동에선지
나는 밝히지 않겠다
중요하고 소중한 점은
상대방 국가의 언어를 모르는데도
서로 말문이 금방 트였다는 것이고
가는귀를 살짝 먹어가는 나도
말귀를 잘 알아들었다는 것이다
아랍어인지 한국어인지
남들이 구분하지 못하는 말로
자이납 어린이는 권정생 시인이 동화를 쓰는 줄 알고
한국에 아라비안나이트 같은 재밌는 설화가 있느냐고 물었
고
권정생 시인은 피난민 자이납 어린이에게
이슬람 수니파와 시아파가

언제 몰려와 총을 쏘아댈지 모르는 예멘 마을마다
아이들이 숨지 않고 뛰어놀 장소가 있느냐고 물었다
물론 한국엔 아라비안나이트 같은 재밌는 설화가 없다고
물론 예멘 마을마다 아이들이 숨지 않고 뛰어놀 장소가
없다고
권정생 시인과 자이납 어린이가 대답하는 말소리를 나는
들었다
그러고 나서 자이납 어린이는 재잘재잘 끝없이 이야기를
하였고
권정생 시인은 그렇지그렇지 맞장구치며 끝없이 이야기를
들었다
아, 저세상에는 아이들이 없어 아이들이 많은 이세상으로
권정생 시인이 서슴없이 거처를 옮겼다는 소식이 들려와서
불현듯 문안 인사차 찾아갔던 나는 이 시 한 편으론
둘 사이에 오간 담화를 다 전달하지 못하겠다
다만 인도적 체류 허가받은 자이납 어린이가
난민으로 인정받는 날까지
권정생 시인이 날마다 만나면서

모든 예멘 아이들이 일부 예멘 어른들이 벌이는 전쟁에서 다치지 않고

한국으로 올 수 있는 방법을 백방으로 알아보고 있다는 것만 부언해 놓겠다

죽은 시인의 사회·4

남북 평화 시대 개막에 즈음하여
111세 된 임화 시인이 온다 해서
인터뷰하려고 임진각에서 기다렸다
청년시인으로 월북해서 노시인이 되는 세월에
꿈꾸던 세상을 만들어봤는지
방남訪南 기념시를 써서 낭송하는지가 궁금했다
황수皇壽를 사는 임화 시인에게
종심從心도 못 산 내가 시인이랍시고
물어도 되는 사안인지 모르겠지만
서로 시인이니까 나이를 초월할 수 있지 싶었다
처음 보는 풍광을 즐기는 여행객의 걸음걸음,
오랜만에 보는 풍경에 어리둥절한 귀향자의 걸음걸음,
임화 시인이 임진각에 다다랐다
내가 총총 인사하고는 인터뷰를 시작하려는데
웃음을 머금은 임화 시인이 악수하고는
그 손으로 가리켰다, 그리 멀지 않은 뒤쪽,
월북했던 시인들이 터벅터벅 건들건들 느릿느릿
제각각 제멋에 겨운 걸음걸이로 걸어오고 있었다

죽은 시인의 사회 · 5

오늘 임진강역에서 좀 보자고
박봉우 시인이 핸드폰에 문자를 보내 와서
나는 일찍 가서 서성거렸다

경의선 하행선이 도착하자
한눈에 봐도 영락없는 청년 백석 시인이 내려서
나에게 눈인사하며 다가오고
경의선 상행선이 도착하자
한눈에 봐도 영락없는 중년 김수영 시인이 내려서
나에게 눈인사하며 다가와서
탈분단을 주제로 쓴 내 시를 잘 읽고 있다고 덕담했다
나를 알고 있어 놀란 나에게 인사말을 할 틈도 주지 않고
두 시인이 북한사투리로 남한사투리로
대화하는 가운데서 내가 속으로 세어보니
북한 고향에 다니러 갔다가 남한으로 내려오지 못했던
백석 시인은 우리 나이로 올해 백아홉 살인데
사진으로 전해지는 얼굴 그대로 청년이고
북한 군대에 징집되었다가 남한에서 포로로 풀려났던

김수영 시인은 우리 나이로 올해 백 살인데
사진으로 전해지는 얼굴 그대로 중년이었다

늦는다는 문자가 올까 싶어 내가 핸드폰을 들여다보면
백석 시인도 김수영 시인도 핸드폰을 들여다보곤 해서
박봉우 시인과 약속했나 보다고 속짐작했다
남북 시인이 언제든 만날 수 있다는 것이
북한에 사는 백석 시인과 남한에 사는 김수영 시인과
나를 불러낸 박봉우 시인이 나하고는 생면부지인데도
함께 임진강역에서 만날 수 있다는 것이
휴전선이 없어진 시대에 내가 누리는 특혜라고 생각할 때
박봉우 시인이 나타나 오른손 검지로 가리키며 물었다,
웃으면서,
휴전선이라는 제 시가 새겨진 저 시비를 어떻게 해야 할까
요?

죽은 시인의 사회 · 6

백조 동인으로 활동한 이미 죽은 이상화 시인이
반시 동인으로 활동할 아직 태어나지 않은 나에게
제대로 된 시를 쓰려면 대구에서 지내 봐야 한다며
1946년 10월 어느 날 초대하였다
아직 태어나지 않은 내가 찾아갔을 때
이미 죽은 이상화 시인이 마중했다
이상화 시인은 이미 죽었는데도 20대 청년이고
나는 아직 태어나지 않았는데도 20대 청년이라서
반갑게 악수하고 뜨겁게 포옹했는데
시가지엔 굶주린 데모대가 모여 있었다
식량을 달라! 식량을 달라! 식량을 달라!
먼 곳에서 총성이 울렸다
이미 죽은 이상화 시인과 아직 태어나지 않은 내가
성난 데모대에 섞여 거리로 나아갔을 때
가까이서 또 총성이 울렸고
헐벗은 한 대구시민이 피를 흘리며 고꾸라졌다
이미 죽은 이상화 시인이
총 맞아 즉사한 사자死者를 안아 일으켰고

분노한 데모대가 높이 떠받들었다
아직 태어나지 않은 나는
대열을 따라서 전진, 또 전진하였다
식량을 달라! 식량을 달라! 식량을 달라!
거대한 데모대가 전국으로 퍼지며 외치는 구호 속에서
이미 죽은 이상화 시인은 큰 소리로
나는 올 10월이 지나면 더 치열하게 시를 쓰마.
너도 올 10월이 지나면 더 치열하게 시를 쓰렴.
아직 태어나지 않은 나에게 말했다
이미 죽은 세상에서 온 이상화 시인과
아직 태어나지 않은 세상에서 온 나는
이세상에서 동년배로 만난
1946년 10월 어느 날부터
이후 대구를 중심으로 전개된
더 참혹하고 더 처참한 사실을 시로 쓰지 못해
오늘날까지도 해산하지 않은 데모대에 합류해 있었다

죽은 시인의 사회 · 7

강화군 불은면 낮은 야산과 작은 들을 사이에 두고
김남주 시인의 집이 있었고
나의 집이 있었다
내가 미발표작 원고를 들고 찾아갔을 때
김남주 시인의 육신은 보이지 않고
김남주 시인의 영혼만 나를 맞았다
나는 계면쩍고 미안하여
나의 육신을 얼른 돌려보내고 나서
나의 영혼만 남아 문안 인사를 했다
김남주 시인의 영혼은 중년인데
나의 영혼은 노년이었다
김남주 시인의 영혼은 전사의 풍모를 하고 있었고
나의 영혼은 귀촌자의 몰골을 하고 있었다
모든 투쟁은, 모든 혁명은
토지가 없는 농민들에게 토지를 나눠주기 위해 시작되었는
데
  요즘엔 농지를 가진 농민들이 늙고 병들어 농지를 팔고
있었다

투쟁할 거리도 없고 혁명할 거리도 없는
이런 농촌을 시로 써야 하지 않겠느냐, 고
시골에 들어온 지 수십 년 지나
농사짓는 이웃들의 생을 많이 보았지 않느냐, 고
나의 영혼이 물었으나
김남주 시인의 영혼은 즉답을 하지 않았다
피차 농부로 지내고 있지 않아서
더 이상 묻거나 답하기가 난감한 문제겠다고
나의 영혼은 스스로 결론을 내린 뒤
미발표작 원고를 보여주지 않고
김남주 시인의 영혼에게 작별인사를 했다
귀가한 나의 영혼이 나의 육신 속으로 들어가
서재에 한 발짝 내디뎠을 때, 아뿔싸
김남주 시인의 육신이 자신의 서재에서 시를 쓰다가
김남주 시인의 영혼 속으로 들어갔을 수도 있다는 걸
간과했다는 생각이 퍼뜩 든 나는
김남주 시인이 농촌시를 쓰는지 궁금해서 곧장 발길을 돌려
무더운 한낮에 낮은 야산을 뛰어넘고 작은 들을 내달았다

죽은 시인의 사회 · 8

서울 종로에 열었다가 닫고
안산 국경 없는 마을에 열었다는
마리서사에 헌책을 사러 갔다
동남아 이주노동자들이 앉아 있었고
박인환 시인은 자작시를 낭송하고 있었다

아시아 모든 위도 / 잠든 사람이여 / 귀를 기울여라 // 눈을
뜨면 / 남방의 향기가 / 가난한 가슴팍으로 스며든다*

동남아 이주노동자들은 눈을 감고 있었다
육성에 사로잡힌 듯한 이들이 있었고
대다수가 설핏 졸고 있었다
박인환 시인은 개의치 않았다

나는 슬그머니 뒷자리에 앉아서
서가에 꽂힌 헌책들을 훑어보았다
표지엔 여러 가지 언어로 제목이 씌어 있어
내용을 짐작조차 할 수 없었지만

동남아 이주노동자들이 읽으면 위안 받을
시집들일 거라고 확신하였다

박인환 시인은 나를 알은체하지 않았다
동남아 이주노동자들을 등장시킨 시를 쓰다가
다른 주제로 옮겨간 나를
썩 달가워하지 않는다는 느낌을 받았다
연거푸 자작시를 낭송하는 박인환 시인이
나를 볼 수 없도록 앉은걸음으로 서가 앞을 오가며
각각 다른 언어로 써진 헌책들을 펼쳐 보았다
행과 연이 나누어진 문장으로 봐선 틀림없는 시집들이었다
여러 권 빼들고는 아무도 없는 계산대에 책값을 얹어놓고
나는 마리서사 밖으로 나왔다

* 박인환의 시 「남풍」의 부분이다.

죽은 시인의 사회·9

종일 집에서 시를 쓰다가 나온 나는
사후死後에 세워진 자신의 문학관에서
종일 시를 쓰다가 나왔다는 신동엽 시인과
거리에서 마주쳤다
마침 시위대가 행진하고 있어
저절로 합류되었다
누군가는 촛불항쟁이라고 부르기도 하는 이번에
항쟁은 완성될 것인가
80년 5월 항쟁이 미완되었고
87년 6월 항쟁이 미완되었다
과연 촛불항쟁도 미완될 것인가
누군가는 촛불혁명이라고 부르기도 하는 이번에
혁명은 완성될 것인가
동학농민혁명이 미완되었고
사일구혁명이 미완되었다
과연 촛불혁명도 미완될 것인가
내 의구심을 알아챘는지
촛불혁명은 먼먼 미래에도

언제나 현재진행형일 수 있다고
신동엽 시인은 예언했다
광화문 광장에 촛불이 켜지기 시작했다
신동엽 시인과 나도 각자 촛불을 커들었다
낱낱으로 타오르는 불빛이 대열을 이루었다
초 한 자루가 다 타서 없어지기 전,
신동엽 시인은 밤새워 시를 쓰고 싶다며
사후에 세워진 자신의 문학관으로 돌아갔고
나도 밤새워 시를 쓰고 싶어
집으로 돌아왔다

죽은 시인의 사회 · 10

김종삼 시인이 고향 방문에 동행할 시인을 찾는다 해서
나는 북한에 가볼 수 있는 기회다 싶어 찾아갔다
출향할 때 황해도에서 서울까지 걸어왔으니
귀향할 때 서울에서 황해도까지 걸어가고
자신의 고향 은율에 도착한 후엔
평안도까지 뛰어가든 평안도까지 달려가든
혼자 알아서 가야 한다는 조건을 내걸었다
김종삼 시인이 내 속내를 알아차렸는가
내가 북한에 가보려는 목적은
구성에 살고 있다는 김소월 시인을 찾아가
어떻게 해야 시를 잘 쓸 수 있는지 물어보려는 것이고
정주에 살고 있다는 백석 시인을 찾아가
어떻게 해야 시를 잘 쓸 수 있는지 물어보려는 것이다
작고시인 김종삼 시인과 현존시인 나하고는 오늘 초면,
나는 만나자마자
어떻게 해야 시를 잘 쓸 수 있는지 물어봤는데
20대에 등단하여 60대까지 시를 쓰고도
여전히 잘 쓰려는 욕망을 버리지 못하는 나에게

김종삼 시인은 묵묵부답하였다

나는 류색에 소주를 가득 넣어 메고 따라나섰건만

김종삼 시인은 입에 대지도 않고

남북 도보여행자마다 나누어 주었고,

나는 김소월 시인과 백석 시인에게 드릴 심산으로

딱 두 병만 꼬불쳐두었다

과거 군사분계선이었다는 기념 표지판도 쳐다보지 않고

과거 비무장지대였다는 생태보호구역도 둘러보지 않고

먼 길을 뚜벅뚜벅 걷던 김종삼 시인이

갑자기 이번 고향 방문에 대해 시를 쓸 작정이냐고 물었다

나는 묵묵부답하였다

시인들 사이에 불문율이 있다면

아직 쓰지 않은 주제와 소재에 대한 질문이라는 걸 모르지

않을

김종삼 시인이 굳이 나에게 확인한 건 의외였다

김종삼 시인이 사후 첫 작품으로 쓰기 위해

나에게 선수를 빼앗기지 않으려고 암시하는가

김종삼 시인은 내 속짐작을 알아차렸는지 정색하고 귓속말

했다

어떻게 해야 시를 잘 쓸 수 있는지

김소월 시인이나 백석 시인에게 물어도 묵묵부답하지 않겠
는가

그런즉 독자 모두 기다리고 있는 신작시를 발표해달라고
부탁하게나

죽은 시인의 사회 · 11

이세상에서 시 잡지를 냈던 조태일 시인이
저세상에서도 시 잡지를 내는지
살아 있는 많은 시인들에게
이메일로 원고청탁서를 보내왔다
나는 즉시 첨부파일로 작품을 보내면서
문안 인사도 여러 문장 성심껏 썼다
조태일 시인이 이세상에서 지낼 적에
내가 창비에서 편집일하다가 말없이 사라진 건으로
날 못마땅하게 여기는 말을 직접 들었던 나는
머지않아 나도 가게 될 저세상에서도
못마땅하게 여기는 말을 들을까봐 예의를 차렸던 것이다
솔직히 말하면 저세상에서도 시를 많이 쓰고 싶은 나는
발표 지면이 몹시 아쉬울 것 같기 때문이었고
저세상에서는 독자에게 시 한 편이라도 전할 기회가
흔치 않을 것 같기 때문이었다
조태일 시인은 이메일로 답장을 보내오지 않았다
역시나 저세상에서나 이세상에서나 인심은 변치 않았다

죽은 시인의 사회 · 12

나는 김소월 시인을 찾아가서
자기소개하기를 애독자라 하고는
시 잘 쓰는 방법을 물었고,
김소월 시인은 망설이다가
양면괘지 한 장을 내밀었다
잉크를 철필에 찍어 꾹꾹 눌러 쓴
작은 글씨가 가득하였다
나는 노안이라서 읽을 수 없는
양면괘지를 받아들었다
젊은 김소월 시인에게 있을 리 만무한 돋보기,
이웃집에 가서 빌려와달라고 부탁할 수 없어
나는 시집을 읽을 때처럼
앞면을 천천히 읽은 척하고
뒷면도 천천히 읽은 척하고는
너무나 감동적인 작품이라고 찬사했을 때,
김소월 시인이 말했다
요즘 활동하는 하종오라는 시인이
잡지에 발표한 시인데

묵독해서는 동감되지 않아
양면괘지에 필사까지 해보았습니다만
여전하였습니다
나는 모골이 송연하였다
김소월 시인에게 신작시를 언제 발표하느냐는 질문으로
첫 대면을 마무리하려고 마음속으로 잡았던
애초의 계획이 틀어져 버렸다
그래도 천만다행인 것은
인사할 때 내 이름을 밝히지 않은 점이었다
나는 가슴을 쓸어내리는 한편으로
아무것도 배우지 못한 채
김소월 시인과 헤어질 수 없다는 생각도 했으나
더 이상 머리가 돌아가지 않았다
결국 양면괘지를 돌려주고 작별인사할 땐
나는 감히 김소월 시인에게
애독자라고 눈비음해선 안 되겠다 싶어
내가 하종오라고 실토하였다
김소월 시인은 표정을 전혀 바꾸지 않았을 뿐더러

애독자를 맞아 대화하고 배웅하는 자세를 지켰다

내가 독자에게 했던 인사법대로 김소월 시인이 나에게 하였
다

죽은 시인의 사회 · 13

김규동 시인이 신작 시집을 좀 가지고 와서
저승의 시인들에게 돌리며
며칠 놀다 갔으면 좋겠다는 사신을 보내왔다
시집을 자주 출간하는 나를
별로 반기지 않는 이승 시단보다는
시집을 내든 말든 아무도 왈가왈부하지 않는
저승 시단에서 작품 활동해보는 게
시인답다는 추신도 한 줄 씌어 있었다
살아생전에 시집을 보내드리면 반드시
붓글씨로 시구를 써서 답인사하던 김규동 시인이
저승에서 그런 예의를 차리지 않아도 되도록
사후엔 신작 시집을 일체 보내지 않았건만
나는 뒤통수를 세게 두들겨 맞은 기분이 들었다
저승 시단에서 저승 시인들을 만나
이승 시단에서 작품 외적 활동을 많이 하는 이승 시인들을
입방아 찧는 자리는 상상만 해도 유쾌한데
나는 너무 재미나서 되돌아오고 싶지 않을 것 같아
김규동 시인에게 신작 시집만 여러 권 우송하고 말았다

죽은 시인의 사회 · 14

탄생 100주년을 맞은 윤동주 시인이
일제가 100년은 갈 거라고 믿고
친일시를 썼던 서정주 시인과*
자신의 이름이 사후 100년은 갈 거라고 믿고
신군부독재자에게 송시를 써서 바쳤던 김춘수 시인을**
한자리에 초대하였다
물론 나도 불려나갔다

짐작컨대
일제에 항거하며 감옥에서 쓰러진 젊은 윤동주 시인이
친일도 신군부독재부역도 반성하지 않은
늙은 서정주 시인과 늙은 김춘수 시인에게
친일을 반성하고 신군부독재부역을 반성할 것을
공개적으로 요구하기로 하고는
그 증인으로 나를 부르지 않았을까 싶었고,
고백컨대
젊은 윤동주 시인의 시를
늙은 서정주 시인의 시와 늙은 김춘수 시인의 시를

열심히 공부해서 나는 시인이 되었는데
이미 죽었지만 아직 살아 있는 젊은 윤동주 시인,
벌써 죽었지만 여태 살아 있는 늙은 서정주 시인과 늙은
김춘수 시인,
세 시인을 함께 보는 일은 괴이하였다

늙은 서정주 시인과 늙은 김춘수 시인은
서로 반가워하며 포옹하고 인사말을 나눈 뒤
젊은 윤동주 시인에게 다가가
나에겐 계면쩍어 보이기 이를 데 없는
함박웃음을 웃으며 악수를 청했다
젊은 윤동주 시인이 왜 저들을 초대했을까
나는 궁금해 하며 지켜보고 있었다

---

* 서정주의 시 「從天順日派?」(『미당 시전집 3』 민음사, 2003. 10. 1, 1판 7쇄)에는 이런
구절이 있다. "나는 그 가까운 1945년 8월의 그들의 패망은/ 상상도 못했고/ 다만
그들의 100년 200년의 장기 지배만이/ 우리가 오래 두고 당할 운명이라고만 생각했던
것이니"

그리고 서정주는 1987년 1월 18일 '전두환 대통령 제56회 탄신일에 드리는 송시'를 썼다. <노컷뉴스>(2017. 8. 23)의 「미당 서정주, 친일 독재 찬양 논란… '친일문학상' 도마 위」라는 제목의 기사에 이런 대목이 있다. "지난 1987년 1월 전두환 전 대통령 생일 축하 행사에선 「처음으로— 전두환 대통령 각하 56회 탄신일에 드리는 송시」라는 제목의 서정주 시인의 시가 낭송됐다.'

** <매일신문>의 조향래 기자가 2006년 7월 24일자에 이런 글을 썼다. "김춘수 시인이 시 「수련별곡」을 남긴 곳이 바로 동성로의 2층 찻집 세르팡이다. (…) 세르팡에서 시인은 「꽃」을 이야기하고 「처용단장」을 나누며 '내가 죽어도 이름이 100년은 갈 것'이라는 예언을 남기기도 했다."

그리고 김춘수가 쓴 전두환 찬양시 「님이시여 겨레의 빛이 되고 역사의 소금이 되소서」는 1988년 대통령 퇴임 기념 환송회에서 낭송되었다고 한다. <중앙일보> (1988. 2. 25)의 「전대통령 고별사 낭독에 감개어린 박수, 「선구자」 노래 들은 후 퇴장」이라는 제목의 기사에 이런 대목이 있다. "전대통령은 고별사를 끝내고 대한민국의 무궁한 발전과 국민의 건강과 행복, 올림픽을 기원하는 건배를 제의한 후 성우 고은정 씨가 김춘수 작시의 송시를 낭독하고 (…) 참석자들은 모두 일어서 감개어린 표정으로 열렬히 박수."

죽은 시인의 사회 · 15

시라고 하면 동시를 가장 으뜸으로 쳐서
동시밖에 쓰지 않은 이문구 시인은
유언에 따라 화장해 생가 뒷산에 뿌려졌는데
내가 어린 손주를 데리고 놀이터에 가면
생전의 모습으로 나타나곤 했다
홀로이 여기저기에서
자작 동시를 암송하기도 하는 이문구 시인은
아이들에게만 자신이 보이는데
노인인 내가 자기를 본다면
아이이기 때문이라고 해석해주었다
죽은 사람이 살아난 걸 미심쩍어하는 나에게
이문구 시인은 생가 뒷산 나무와 풀에 뿌려진 뒤론
아이들이 노는 장소들이라면 어디든 동시同時에
나무가 되어 달려갈 수 있게 되었고
풀이 되어 뛰어갈 수 있게 되었는데
아이들에게만 생전의 모습으로 보인다는 것이다
이문구 시인과 노는 동안에 하, 내가 아이라면
어린 손주와 한 번 더 자라는 셈, 오래오래 놀아야겠다

죽은 시인의 사회 · 16

저세상에는 구름도 달도 없어*
서정시를 쓸 수 없다는 박목월 시인과
저세상에는 가을햇볕도 등성이도 없어**
서정시를 쓸 수 없다는 박재삼 시인이
이세상에 돌아오는 뒷모습을
그들의 개인시집을 읽다가 나는 엿보았다

서정시를 쓸 수 없어 저세상을 떠나온다는 건
서정시를 쓰지 않고는 도저히 견딜 수 없는
우월한 서정시인만이 감행할 수 있는 행동이고
서정시로만 본다면야
선후로 나눌 수 없는
박목월 시인과 박재삼 시인이
동시에 이세상에 돌아오는 속내를
나는 의문하였다

박목월 시인과 박재삼 시인 사후에
나는 추문을 듣고 당혹했었다

독재자의 부인에 관한 전기傳記를
박목월 시인과 박재삼 시인이
살아생전에 공동집필했었는데도***
책표지에 저자가 1인으로만 인쇄돼 있어****
글쓰기에 대필이나 하청의 구조가
그 전기의 주인공의 남편인 독재자가
노동자를 탄압하며 산업화를 주도했었던 시기에
서정시로서 일가를 이룬 그들 사이에 작동했었고
그것이 그 후 일부 문학가들이
매문賣文하는 선례로 보여서
나는 놀랐었던 것이다

구름과 달이 없는 곳도
가을볕과 등성이가 없는 곳도
사람이 살 수 있는 세상이 아니므로
누구도 시를 쓸 수 없을 테니
저세상으로 간 시인들 모두 이세상으로 돌아와야 하는데
자진自進한 시인이 별로 없어

박목월 시인과 박재삼 시인이 정말 서정시를 쓰려는지
나는 그들의 개인시집을 읽으며 긴가민가하면서도 기다렸
다

* 박목월의 시 「나그네」에 이런 구절이 있다. "강나루 건너서 / 밀밭 길을 / 구름에
  달 가듯이 / 가는 나그네"
** 박재삼의 시 「울음이 타는 가을 강」에 이런 구절이 있다. "마음도 한자리 못 앉아
  있는 마음일 때, / 친구의 서러운 사랑 이야기를 / 가을햇볕으로나 동무 삼아 따라가면,
  / 어느새 등성이에 이르러 눈물나고나."
*** 「정규웅의 문단 뒤안길 — 1970년대 <33> 육영수와 박목월 1」(<중앙SUNDAY> 133
  호 인터넷판, 2009. 9. 26)이라는 글에는 이런 대목이 있다. "74년 8월 15일 육영수가
  흉탄을 맞고 세상을 떠난 뒤 박목월이 박재삼과 함께 육영수의 전기傳記를 떠맡았을
  때도 두 시인에게 곱지 않은 시선을 보내는 문인이 많았다. 사실 문단에 육영수의
  전기를 쓸 만큼 육영수를 잘 아는 사람은 박목월뿐일 수밖에 없었다. 다만 박목월
  혼자 책 한 권을 쓰는 것은 무리였기에 박재삼이 그 작업에 참여하게 됐는데 그
  일로 해서 박재삼까지도 구설수에 휘말렸다. 76년 전기 『육영수 여사』가 출간된
  뒤 박재삼을 만났을 때 그는 그 일에 대해 몹시 곤혹스러워하고 있었다. 박목월의
  간곡한 권유를 뿌리칠 수 없었고, 그 일이 정치와는 상관없는 일일뿐더러 크게
  흠 잡힐 일도 아니라는 판단에서 참여하게 됐는데 세상 사람들, 특히 일부 문인은
  그렇게 생각하지 않더라는 것이다. 자신은 원고료 이상의 어떤 혜택을 본 일이
  없는데도 사람들은 자기가 일확천금이라도 한 양 의혹의 눈초리를 보낸다는 것이었다.
  박재삼은 일평생 가난에서 벗어난 적이 없었고, 97년 가난 속에서 세상을 떠났다."

「정규웅의 문단 뒤안길 ― 1980년대 <26> 박재삼, 가난과 병고 속에 꽃피운 시의 미학」(<중앙SUNDAY> 234호 인터넷판 2011. 9. 4)이라는 글에는 이런 대목이 있다. "74년 육영수 여사가 흉탄을 맞고 세상을 떠난 뒤 박목월이 떠맡은 '육영수 전기' 집필에 참여한 것도 막연하게나마 그 작업에 뒤따를 반대급부를 염두에 두었을 법하다. 하지만 76년 책이 출간된 후 만났을 때 박재삼은 '원고료조차도 제대로 받지 못하고 체면만 구겼다'며 허탈해 했다. 그 무렵 문단에서는 '육영수 전기' 일로 박목월과 박재삼 사이에 틈이 벌어졌다는 소문이 나돌기도 했다."

****

『육영수 여사』(박목월, 삼중당, 1976.)

죽은 시인의 사회 · 17

박경리 소설가가 맞느냐
박경리 시인이 맞느냐
장르로 직업을 따지면 맞지 않았다
나는 내리닫이로 시만 써온 시인이지만
박경리 소설집을 읽었고
박경리 시집을 읽었다
소설을 쓰다가 여기餘技로
시를 쓴 것 같지 않았다
시를 쓰다가 여기로
소설을 쓴 것 같지 않았다
박경리 소설가가 시를 썼다고 말하면
소설을 모독하는 일이었다
박경리 시인이 소설을 썼다고 말하면
시를 모독하는 일이었다
평생 시만 써온 내가 말할 수 있는 건
박경리 소설가는 소설을 썼다는 것
박경리 시인은 시를 썼다는 것

죽은 시인의 사회·18

천상에서 놀러 나온 이육사 시인을 뵈려고
죽은 지 몇 십 년 되지 않은 시인들이 모였다
헛된 시를 많이 쓴 죄로
지하 이편에서 떠돌다가 돌아온 내가
독재자에게 시 한 편씩 써서 바친
조병화 시인*과 서정주 시인과 김춘수 시인에게
지하 저편에서 잘 지내다가 돌아왔는지 물으려는데
조병화 시인과 서정주 시인과 김춘수 시인이
이육사 시인에게 천상이 어떤 곳이냐고 물었다
이육사 시인이 동문서답하기를
시인이 독재자에게 부역하기 위해 쓴 헌시를
독자가 기억하지 않는다면
그 시인이 쓴 서정시랄까 순수시랄까
그런 시도 독자가 기억하지 않아야 한다고 말했다
조병화 시인과 서정주 시인과 김춘수 시인을 제외한
나머지 시인들 모두 고개를 숙였고,
지하에서 보낸 인생에서 깨달은 점은
시를 잘못 쓴 죄가 가장 큰 죄라는 진실이었다고

어떤 시인이 고백했을 때,

천상에 계시는 한용운 시인과 이상화 시인과 윤동주 시인도

그런 말씀을 해서 마침 전하려던 참이었다고 화답한 이육사
시인은

다음번에 천상에서 놀러 나올 때엔

그 시인들과 함께하겠다고 언약했다

천상과 지하 사이에서 아직 살고 있는 시인들이 짝짝짝
박수를 쳤다

빈손을 잡고 서 있는 조병화 시인과 서정주 시인과 김춘수
시인에게

지하 저편에서 잘 지내다가 돌아왔느냐고 내가 물어도

아무런 대답을 하지 않았고,

지하에 바치는 헌시를 쓰면 지하에서도 잘 지낼 수 있지
않겠느냐고 물어도

아무런 대답을 하지 않았다

저 세 시인과 지하 저편에서 같이 떠돌지 않아 다행이다
싶었던 나는

이육사 시인에게 작별인사를 하고 가장 먼저 지하 이편으로

되돌아왔던바,

  그 뒷이야기는 알 수 없다

---

* 조병화는 전두환 찬양시 「청렴·온후·참신한 새 출발… 국운이여 영원하여라」를
써서 <경향신문>(1980. 8. 28)에 발표했다.

죽은 시인의 사회 · 19

동해 속초에 사는
이성선 시인이 밤에 달을 따라
서해 강화에 사는 나를 찾아왔다
자신의 시비를 세우면서
왜 산 속에다 세우고
어째서 바다 위에 세우지 않았는지
자신의 시를 새기면서
왜 바위에다 새기고
어째서 파도에다 새기지 않았는지
자신의 의견을 묻지 않은 건 시적이지 않으며
달에 써서 우주에 떠돌도록 하지 않았다고
나에게 불평했고
자신의 육신이 사라졌듯이
자신의 시도 사라져야 한다는 뜻으로
이해한 나는
시비를 세우는 데 가담하지 않았으므로
대답하지 않았다
서해 강화에 사는 나를 만난

이성선 시인이 낮에 달을 따라
동해 속초로 돌아갔다

죽은 시인의 사회 · 20

노천명 시인과 모윤숙 시인이
공동 창작한다는 소문이 들려왔다
지하의 저쪽 세상에서 천상의 세상으로 옮겨 가려고
하늘에 바칠 헌시를 쓰려는가 싶었다

노천명 시인과 모윤숙 시인은
각자 지하의 저쪽 세상에 와 있었다
내가 시를 함부로 쓴 잘못을 저질러서 온 지하의 이쪽 세상에
서는
친일시를 쓴 시인들이 와 있는 지하의 저쪽 세상이 보이지
않아
노천명 시인과 모윤숙 시인이
공동 창작하는지 알 순 없어도
하늘과 친해져서
지하의 저쪽 세상에서 벗어나기 위해서라면
시를 써서 발표하면 효과가 있다는 걸
친일시를 써서 발표한 경험을 통해 예측하고 있을 두 시인,
따로따로 시를 써서 따로따로 발표하기보다는

함께 시를 써서 함께 발표하면
효과가 배가될 수 있으리라는
묘수를 궁리해냈는지도 모르겠다

지하의 이쪽 세상에서 지내는 나는
참회록 집필이 진정한 방법이라고 속말을 전해 보려다가
그저 기다려보기로 했다
지하의 저쪽 세상에서 천상의 세상으로 옮겨가기 위해서
하늘을 감동시켜야 한다면
노천명 시인과 모윤숙 시인으로선
직업이 작고시인인 처지라
공동 창작이 손쉬운 작업이 아닐 수 없을 터였다

죽은 시인의 사회·21

나는 문익환 시인과 윤동주 시인이 사는 마을에 갔다
봄과 여름과 가을과 겨울이 한꺼번에 와 있어서
문익환 시인은 봄볕을 쬐며 여름으로 걸어가고 있었고
윤동주 시인은 가을단풍을 보며 겨울로 걸어가고 있었다
멀리 떨어져 있는 두 시인이 손을 흔들어 나를 불렀다
내가 누구에게 먼저 가야할지 몰라 서성거리는 동안에
길가마다 수북한 풀들과 집집마다 우거진 나무들은
일제히 새로이 잎을 내고 꽃을 피우고 씨나 열매를 맺었다
내가 탄성을 지르며 뛰어서 가까이 다가가려는 찰나에
벌써 만난 문익환 시인과 윤동주 시인이 나에게 왔는데,
문익환 시인이 여럿이었고 윤동주 시인이 여럿이어서
나는 봄과 여름과 가을과 겨울 쪽을 두리번거렸다
한 마을에 사는 이웃들이 모두 문익환 시인이었고
한 마을에 사는 이웃들이 모두 윤동주 시인이었다
문익환 시인들은 풀들과 함께 마을길을 걸어 다녔고
윤동주 시인들은 나무들과 함께 마을길을 걸어 다녔다
나는 풀들을 따라 느릿느릿 걸었고 나무들을 따라 성큼성큼
걸었다

왁자지껄 너나들이하고 시끌벅적 수다 떨면서
문익환 시인이라는 고유명사는 보통명사가 되어서
이웃들은 서로서로 문익환 시인이라고 불렀고
윤동주 시인이라는 고유명사는 보통명사가 되어서
이웃들은 서로서로 윤동주 시인이라고 불렀다
내가 문익환 시인으로 불릴 땐 가을볕을 쬐며 겨울로 걸어가
고 있었고
내가 윤동주 시인으로 불릴 땐 겨울눈을 맞으며 봄으로
걸어가고 있었다
내가 가는 데마다 문익환 시인과 윤동주 시인이 사는 마을이
있었다

죽은 시인의 사회 · 22

천상에서 지상으로 건너온
윤동주 시인과 이상화 시인과 이육사 시인과 한용운 시인을
우리 집에 초대하였다
아내가 지은 쌀밥과 시래깃국과
김장김치만으로 차린 소찬을 들고 나서
후식으로 홍시를 먹으며
윤동주 시인과 이상화 시인과 이육사 시인과 한용운 시인은
바깥세상 돌아가는 소식을 주고받았다
나는 감히 낄 수 없는 자리를 마련해 놓고
시작법을 한 수 배울 수 있기를 고대했으나
그나마 시와 관련된 말거리는
친일한 시인과 독재정권에 부역한 시인들이
이세상에 남긴 시들을 청산해야 한다는 의견들이었다
친일한 시인과 독재정권에 부역한 시인만
한국시사에서 제외해야 합니까?
작품까지 소거해야 합니까?
내가 묻고 나서,
그 판단은 죽은 자들의 몫이 아니라

산 자들의 몫이라는 답변을 들었는데
한 시인의 목소리이기도 했고
네 시인의 목소리이기도 했다
설거지하던 아내가 고개를 돌려 나를 바라봤다
일제 시절이나 독재정권 시절에
천상에 간 비문인非文人들은
그 문제를 어떻게 생각합디까?
나는 또 물었으나,
윤동주 시인과 이상화 시인과 이육사 시인과 한용운 시인은
아내에게 맛있는 소찬이었다고만
인사말하고 우리 집을 나섰다
지상에서 천상으로 건너가는 뒷모습을
나는 지켜보며 서 있었다

죽은 시인의 사회 · 23

저세상에서 온 노인 백석 시인과
베트남에서 온 청년 딘티호 씨는
우리 동네 축산농장에서 소를 돌봤다
사료를 주고 분뇨를 치우는 일은
힘으로 할 수 있고
소들에게 꽃을 보게 하거나 노래를 듣게 하는 일은
마음으로 할 수 있는데
내가 얼핏 보기로는
청년 딘티호 씨는 기운만 세어
소들을 자기와 같은 존재로 여기지 않았고
노인 백석 시인은 측은지심이 있어
소들을 자기와 같은 존재로 여겼다
물론 노인 백석 시인은
이세상에서 목부 생활을 시작할 땐 초짜라
소들을 잘 다루지 못하여 시를 쓸 정신이 없었고
저세상에 가서 목부 생활을 할 땐 경험이 쌓여
몸동작만 보고도 소들의 상태를 알게 되어서
시도 많이 쓸 수 있었다고 했다

그래서 노인 백석 시인은 목부가 된 이후로
저세상에 가서 비로소 시인이 된 기분이 들자
다시 이세상에 와 소들을 돌보며 시를 쓰고 싶어서,
청년 딘티호 씨는 베트남에선 너무 가난하여
오직 돈을 벌어 집안에 보탬이 되어야 해서
우리 동네 축산농장에 일자리를 얻어 왔다고 했다
내가 지나가다가 들렀을 때,
노인 백석 시인과 청년 딘티호 씨는
목부로서 소들을 잘 키우기 위하여
각자 잘할 수 있는 일을 하고 있었다
소들에게 사료를 주고 분뇨를 치우는 일은
힘 있는 베트남 청년 딘티호 씨가 맡아서 했고
소들에게 꽃을 보게 하거나 노래를 듣게 하는 일은
마음 깊은 저세상 노인 백석 시인이 맡아서 했다
노인 백석 시인이 시를 써서 읽는 말소리가 들리는 날,
내가 너무 반가워 찾아가서 보면
소들이 움메 움메 화답하고 있었고
청년 딘티호 씨는 미소를 짓고 있었다

죽은 시인의 사회 · 24

주한 일본대사관 앞 인도에서
일주일에 한번 열리는
일본군 위안부 문제 해결을 위한 정기 수요집회에
오늘도 한용운 시인이 참가했다
나는 눈길이 마주쳐도 무심하게 대했다
한용운 시인이 어려워서가 아니라
수요집회에 나온 위안부 피해 할머니들 앞에선
누가 누구를 아는 척하는 인사도
시건방진 짓으로 느껴졌기 때문이다
나는 어쩌다가 참가하는데
그럴 때마다 한용운 시인은 나이가
이립으로 불혹으로 지천명으로 달리 보였다
분노한 모습은 약관으로 보였고
슬픈 모습은 이순으로 보였고
증오하거나 저주하는 모습은 천수로 보였다
한용운 시인의 눈길을 따라 주한 일본대사관을 바라보니
그 건물에 사무실을 빌려서 잡지 편집하다가 나왔는지
사진으로 본 적 있는 최남선 시인과

이광수 시인이 모퉁이에 숨어서
수요집회를 바라다보고 있었다
한용운 시인은 최남선 시인과 이광수 시인을 눈밖에 놔두고
일본대사관을 향하여 구호를 외치고 있었다
오늘은 일본군 위안부 피해 할머니들보다 더 나이든
상수上壽로 보이는 한용운 시인,
일본군 위안부 피해 할머니가 선창을 하면
카랑카랑한 목소리로 후창을 하였다
덩달아 나도 힘차게 구호를 외쳤다

죽은 시인의 사회·25

1987년 6월 민주항쟁 때 서울시청 앞에서
최루탄 속에 화염병을 든 김수영 시인이 있었고
나도 있었다
2017년 1월 촛불집회 때 광화문광장에서
어둠 속에 촛불을 든 김수영 시인이 있었고
나도 있었다
김수영 시인과 나는 서른 해 동안
시위 현장에 두 번 같이 있었으면서도
인사하지 않았고,
그 이후마다 정권이 바뀌어서
일부러 만나 인사할 이유가 없었다
그러고 나서 이듬해 여름,
제주 출입국 외국인청 마당에서
나는 김수영 시인을 알아보고도 인사하지 않았다
여전히 장년에 머물러 있는 김수영 시인은
예멘인들과 영어로 대화하며
난민 신청을 돕고 있었고
벌써 노년에 접어든 나는

말로 할 줄 아는 외국어가 없어
난민 신청자들을 돕지 못했다
김수영 시인은 탁월했으므로 나보다 더 오래 살아남아
한국에서 난민으로 인정받는 예멘인들과
한국에서 불법체류자가 돼 추방되는 예멘인들을
끝까지 다 본 뒤 세계 난민을 위하여 시를 쓸 것이다
이슬람 수니파와 시아파가 정권을 잡으려고 전쟁하는
예멘을 탈출하여 제주에 온 예멘인들을 돕는 김수영 시인,
일제가 착취하던 젊은 시절
부모님을 따라 만주 지린성으로 이주하여
잠시 난민으로 살아본 경험이 있는 김수영 시인을
제주에서 보고나서
나는 겨우 이 시를 써서 혼자서 인사에 갈음했다

죽은 시인의 사회 · 26

동두천에서 서울로 오는 길에
실개천이 한 군데도 없고
얼룩빼기 황소가 한 마리도 없었다고*
정지용 시인이 나에게 탄식했다
아스팔트도로와 놀이터와 조경수가 있는
고층아파트를 집으로 기억하는 아이들은
실개천과 얼룩빼기 황소를 본 적이 없어
아예 상상조차 하지 못한다고,
농업을 천직으로 알던 농부들은
이미 죽었거나 늙어가고 있고
청년들은 도시에 거주하면서
결혼을 못 하고 있을 뿐만 아니라
자라서 농부가 되겠다는 아이들이 없어
고향이라거니 향수라거니 하는 낱말도
곧 사어死語가 되는 날이 다가오고 있다고,
정지용 시인에게 내가 장황하게 늘어놓았다
낯빛이 흐려진 정지용 시인이
서울에서 옥천으로 가는 길에도

실개천이 없겠고 얼룩빼기 황소가 없겠다고
또 탄식하며 안경을 벗어 손수건에 닦았고,
나는 더 말하려다가 입 다물었다
실개천이 흐르는 데서 멱을 감고
얼룩빼기 황소가 우는 데서 꼴을 베던
농경사회를 홀로이 꿈꿀지는 몰라도
모두가 가난하게 살기를
각자 원하지 않는다고

* 정지용의 시 「향수」에는 이런 구절이 있다. "넓은 벌 동쪽 끝으로 / 옛 이야기 지줄대는
  실개천이 휘돌아 나가고, / 얼룩백이 황소가 / 해설피 금빛 게으른 울음을 우는 곳.
  // —그곳이 차마 꿈엔들 잊힐리야."

죽은 시인의 사회·27

내가 문단에 갓 나왔을 때
이원섭 시인의 추천을 받아 등단한 시인들이
점심을 함께하는 자리를 갖자 해서
서울에서 만났다
십여 명도 채 되지 않았는데
내가 선명하게 기억하는 이로는
이성선 시인과 최명길 시인,
속초에서 왔다는 두 시인은 최연장자,
이원섭 시인의 좌우에 자리하였고
모두 둘러앉아 밥을 먹고 술을 마셨다
그러고 나서, 수십여 년
내가 리얼리즘 시를 쓰면서부터
그다지 만나지 않았던 세 시인이
이세상을 떠난 줄로 알고 있었는데
내가 이 연작시를 쓰는 오늘
돌연히 강화에 나타나서
점심을 함께하는 자리를 갖자 했다
하도 반가워서 집 안으로 모시고

내 논밭에서 거둔 쌀과 채소로 음식을 만들고
내 나무에서 딴 열매로 담근 과일주를 내와
둥근 식탁에 차렸다
이성선 시인과 최명길 시인이
이원섭 시인의 좌우에 자리하고
내가 마주 자리하니
이성선 시인과 최명길 시인의 좌우에
내가 앉게 되고, 나의 좌우에
최명길 시인과 이성선 시인이 앉게 되었다
서로 서로 좌우에 앉거나 마주앉은 보기 좋은 모양새로
밥을 먹고 술을 마신 후
이원섭 시인은 나에게 너무 오래 살려고도 말고
태작을 많이 쓰지도 말라고 충고하고는
저세상으로 가야겠다며 일어섰다

죽은 시인의 사회 · 28

내가 자발적으로 유폐 생활을 시작한 마을엔
온갖 나무들이 해거리를 했고
이상 시인이 자발적으로 유폐 생활을 시작한 이웃마을엔
온갖 나무들에 열매가 주렁주렁 달렸다
나같이 오래 살려는 사람과 한 마을에 있으면
나무들도 오래 살려고 기운을 아끼는가
이상 시인같이 미리 살아버리려는 사람과 한 마을에 있으면
나무들도 미리 살아버리려고 기운을 써버리는가
아무려나 이상 시인이 지내는 마을에선
날개 있는 새들이 날아와 퍼덕거리고
날개 있는 곤충들이 날아와 비비적거려서
공중에 오르고 싶었던 주민들에게 덩달아 날개가 돋아나
온 천지에 날갯짓소리가 생생하였다
이상 시인이 문밖출입을 하지 않아
돌연한 현상을 알지 못하는 것 같아
내가 알려주려고 찾아가도 시만 쓰고 있었다
집 안에서 이상 시인이 상상하는 상황이
집 밖에서 실제로 벌어지는 느낌을 받은 나는

놀라서 아무 말도 붙이지 못하고 돌아와

집 안에서 온갖 나무들에 열매가 주렁주렁 달리는 상상을
했으나

집 밖에서 온갖 나무들은 여전히 해거리를 하고 있었다

내가 자발적으로 유폐 생활을 시작한 마을에서 바라보이는

이상 시인이 자발적으로 유폐 생활을 시작한 이웃마을에서

산이 옮겨 다니고 있으면

이상 시인이 옮겨 다니는 산을 상상하고 있는 걸로 알았고

들이 떠다니고 있으면

이상 시인이 떠다니는 들을 상상하고 있는 걸로 알았다

죽은 시인의 사회 · 29

이육사 시인이 독서하고 있다 해서
내가 도서관에 찾아갔는데*
모두가 이육사 시인이 되어
독서하고 있었고
물론 나도 이육사 시인이 되어
독서하고 있었다

이육사 시인이 된 젊은 구직자는
정치서를 읽으며 분노하고 있었고
이육사 시인이 된 중년 실업자는
경제서를 읽으며 절망하고 있었고
이육사 시인이 된 노년의 나는
시집을 읽으며 슬퍼하고 있었다

내가 이육사 시인이 된 젊은 구직자와 중년 실업자와 노년의
나에게
도서관에서 이육사 시인이 되어 있는 이유를 물었을 때
이육사 시인이 된 젊은 구직자와 중년 실업자와 노년의

내가 나에게
　도서관에서 이육사 시인이 되어 있으면 안 되는 이유를
반문했다

　이육사 시인이 노년의 내가 되어 시집을 읽고 있다면
　슬픔에 잠긴 나를 가련하게 여겨서
　큰 인간을 상상하게 하려는 뜻이라고 할 수 있겠지만
　노년의 내가 이육사 시인이 되어 시집을 읽고 있으니
　위대한 시를 쓰려는 희망을 아직도 품고 있기 때문이라고
　나는 생각하면서 오늘 시로 쓸 단상과 낱말들을 메모하였다

* 1960년대 후반, 대구 수성동에 소재했던 대륜중학교 교문에 들어서면 자그마한
　이육사 시비와 분수대와 도서관이 있었다.

죽은 시인의 사회 · 30

천상병 시인이 나를 시인으로 알지 못하고
거리에서 마주친 날,
내가 먼저 고개를 숙였고
천상병 시인이 고개를 숙이고 지나갔다

천상병 시인이 나를 시인으로 알았는지
거리에서 마주친 날,
천상병 시인이 먼저 고개를 숙였고
나도 고개를 숙이고 지나갔다

자신의 이름은 들어 있지 않은 문화예술계 블랙리스트
작성 연루 공무원 전원 처벌을 요구하며
거리 저편에서 천상병 시인이 1인 시위를 하던 날,
거리 이편에서 나도 1인 시위를 하였다

죽은 시인의 사회·31

서울에서 강화로 이주하는 늙은 나를
죽어서 젊어진 김경린 시인이 못마땅해 했다
도시를 떠나서 시를 쓰는 시인을
이해하지 못하겠다는 죽어서 젊어진 김경린 시인에게
농촌에 머물러서 시를 쓰지 않는 시인을
이해하지 못하겠다고 늙은 내가 퉁을 주었다
도시에서 먹는 모든 음식은 농촌의 논밭에서 나온다고
농부가 되려는 늙은 내가 주장했을 때
농촌에서 쓰는 농기계는 도시의 공장에서 나온다고
기술자가 되려는 죽어서 젊어진 김경린 시인이 주장했다
그러다가 시를 잘 쓰려면 생활이 안정되어야 하고
도시에서든 농촌에서든 기술력이 있어야
생활이 안정된다는 데 대략 의견 일치하였다
도시에서 살아도 다 모더니스트가 되지 않는단 견해에도
농촌에서 살아도 다 리얼리스트가 되지 않는단 견해에도

죽은 시인의 사회 · 32

내가 잠깐 집을 비운 사이에
박용래 시인이 다녀갔단다
말집을 찾으면
자신을 만날 수 있다는 말을 남겼다

지금은 시골동네에 전원주택이 즐비한 2020년대,
누구네 전원주택에 놀러가서 내다봐도
거만한 인간, 오만방자한 인간,
남을 욕하는 인간, 저만 챙기는 인간이
한없이 수없이 끝없이 보이는데
말집이 어디 있을까

박용래 시인은 1960년대에 사는 나를 만나러 왔을까
시골에선 앞집도 뒷집도 옆집도 말집이었던 시절,
누구네 말집에 놀러가서 내다봐도
갸륵한 것, 조용한 것,
아무렇게나 버려진 것, 저절로 묵은 것이*
한없이 수없이 끝없이 보였었다

온 동네를 돌아다녀도 말집이 한 채도 없었다
나는 박용래 시인을 만날 수 없다는 걸 알았다
아직도 박용래 시인이 살고 있는 1960년대로
나는 되돌아가지 못하는
그저 판넬로 지은 전원주택에 사는 인간인 것이었다

---

* 이문구의 글 「박용래 약전」에 이런 대목이 있다. "모든 아름다운 것들은 언제나
그의 눈물을 불렀다. 가륵한 것, 어여쁜 것, 소박한 것, 조촐한 것, 조용한 것, 알뜰한
것, 인간의 손을 안 탄 것, 문명의 때가 아니 묻은 것, 임자가 없는 것, 아무렇게나
버려진 것, 갓 태어난 것, 저절로 묵은 것… 그는 누리의 온갖 생령에서 천체의
흔적에 이르도록 사랑하지 않은 것이 없었으며, 사랑스러운 것들을 만날 적마다
눈시울을 붉히지 않은 때가 없었다."

죽은 시인의 사회 · 33

나의 시골집엔 오랑캐꽃이 많다
오랑캐꽃이 피는 날이 이어지면
살아 있는 이용악 시인이 생각났고
오랑캐꽃이 지는 날이 이어지면
죽은 이용악 시인이 생각났다

신군부독재 시절엔
금서가 된 이용악 시인의 시들을
복사해서 몰래 읽었다
민주화 시절 이후엔
해금된 이용악 시인의 시들을
마음껏 볼 수 있긴 했어도
일제시대에 썼다는 친일시는 구해서 읽었고
월북해서 썼다는 북한체제 찬양시는 구하지 못해 읽지 못했
다

다만 「오랑캐꽃」만 오롯하여
시인이란 때로는 사후에 단 한 편의 시로

어디서든 과거에서 현재로 생환한다는 걸
이용악 시인으로 해서 새삼 실감했다

나에겐 오랑캐꽃으로 기억되는 이용악 시인,
북한에선 죽고 남한에선 살아 있는 듯해
나는 오랑캐꽃이 수없이 피고 지는 나의 시골집에서
수많은 이용악 시인을 느끼며
친일시를 쓰지 않는 서정시인이 못 된 속사정이 뭐지?
혼잣말을 하면서
북한체제 찬양시를 쓰지 않는 서정시인이 못 된 속사정이
뭐지?
입속말을 하면서
오랑캐꽃을 캐서 빈터에 옮겨 심었다

죽은 시인의 사회 · 34

보도블록 깔린 인도에서
구구거리는 비둘기를 보면서
김광섭 시인을 떠올렸을 때
상투적인 연상력을 발휘하는
나 자신을 한심해 했다

사람이 한세상 여기저기 떠돌다가
자식의 집에 가서 숨을 거둔다면
축복받은 생이라고 아니할 수 없는 요즘의 눈으로 보자면
「성북동 비둘기」를 쓴 김광섭 시인이
아들의 집에서 작고했다는 기록을 읽고는*
시인이 축복받은 생을 살았다는 생각이 들어
사전死前에 일상인이 된 김광섭 시인이 부러웠다

김광섭 시인의 연대기를 읽다가
나이 들어 필생의 대표작
「성북동 비둘기」를 썼다는 사실에서
젊어서 시어의 속힘을 다 써버리지 않고

장년에 독재를 강화하는 권력자의 생일 축시를 쓰고 나서도**

늙을 때까지 남겨둔 것은

김광섭 시인만이 지녔던 필력이라는 점을

나는 초로가 되어서야 알았다

시를 젊어서 잘 쓰기보다 늙어서 잘 써야 정말로 시인일까

---

* 장석주의 저서 『20세기 한국문학의 탐험·3』 중 김광섭에 관한 글에 이런 구절이
  있다. "1977년 시인 김광섭은 서울 여의도 삼부아파트 둘째아들의 집에서 일흔두
  살의 나이로 삶을 마감한다."
** 김광섭은 이승만의 생일을 맞아 쓴 시 「우남 선생의 탄신을 맞이하여」를 <서울신문>
  (1955. 3. 26)에 발표했다는 기록이 있으며, 이승만 정권은 1954년 사사오입 개헌을
  하였다.

죽은 시인의 사회 · 35

내가 죽어서 저세상에 왔다
각국에서 죽어서 온 외국 시인들이
생전에도 모르던 언어로 잡담하였다
저세상의 공용어인가 싶어 기웃거리는 중에
말을 걸어오는 한국 시인이 있었다
박남수 시인과 고원 시인이었다
시인은 언어로 단 한 편의 걸작을 쓰려 하지만
매양 쓰는 것은 실패작에 지나지 않는다고*
내가 이세상에서 습작기 때 곧잘 고쳐서 읽던
원시原詩를 박남수 시인이 썼었고
내가 이세상에서 편집자로 일하였을 때
고원 시인이 시집을 출간했었다**
미국에서 살면서 한국어로 시를 쓰다가 죽은
박남수 시인과 고원 시인이 이세상에 머물렀던
인터넷은 없었고 국제전화는 비쌌던 시절에
내가 살던 서울과 두 분이 살던 뉴욕이 멀어
끝내 하지 못했던 질문 하나,
언어는 소통 도구라서 어디서나 통하는 언어라면

외국어로라도 시를 써도 된다고 여기는 내가
재빨리 두 분에게 물었다
미국에 거주하던 동안 미국인 독자를 위해
영어로 시를 쓰고 싶지 않았습니까?
영어를 시어로 운용할 수 없어 못 썼습니까?
박남수 시인과 고원 시인은 잠자코 있었다
외국 시인들이 저세상의 공용어로 대꾸했다
죽어 저세상에 온 나는 한국어로 알아들었다
시인은 자신이 아는 언어로 시를 쓰면 되며
외국 독자가 읽고 싶으면
외국어로 번역해서 읽어야 한다는 요지였다

---

* 박남수의 시 「새」에 이런 구절이 있다. "―포수는 한 덩이 납으로/ 그 순수純粹를
  겨냥하지만, / 매양 쏘는 것은/ 한 마리 상傷한 새에 지나지 않는다."
** 고원 시집 『물너울』은 1985년에 창비에서 출간되었으며, 당시 직원이었던 내가
  교정을 보았다.

죽은 시인의 사회 · 36

오규원 시인이 죽어서
절집 나무 아래 유택을 지었다는*
소식을 듣고도 찾아가지 않았다
살아생전에 내왕하지 않았고
유택과 멀지 않은 우거에서
조용히 죽어지내는 나는
날이면 날마다 시를 쓰느라
한가한 시간이 전혀 나지 않았다
오규원 시인을 새삼 만나
시에 대해서 혹은 죽음에 대해서
한 수 배우고 싶은 거리가 없었다
이미 나는 오규원 시인이 죽기 10여 년 전에
내가 죽거든 시체를 불태워 평평히 묻고
나무 한 그루 심어 달라고 유언해 놓아서**
수목장에 대한 호기심이 없었고
미발표작을 잔뜩 보관하고 있어서
새로운 시작법에 대한 탐구욕이 없었다***
옆 동네에 머물고 있으면서도

인사하러 오지 않은 나란 사람이 궁금했을까
오규원 시인이 이웃에 유택이 있다는 김영태 시인과 함께
나를 찾아왔다가
공동묘지 나무 아래 지어진 내 우거를 보고는
절집 나무 아래 지어진 자기네 유택과
별반 다르지 않는 거처로 보였던지
시나 써야겠다며 곧바로 돌아갔다
시인이 있는 집은 죽어서 있든 살아서 있든
시작詩作하기에 편한 장소인 것이다

*   강화도 전등사 근처에 수목장 되어 있다고 한다.
** 내 시집 『님 시편』에 수록된 시 「한 나무」의 전문은 이렇다. "제가 죽거든 시체를
    불태워 평평히 묻고, 나무 한 그루를 심어주세요. 저는 님을 쉬시게 할 큰 그늘을
    살아서 만들지 못했습니다."
*** 오규원의 저서 『현대시작법』 개정판 3판이 2017년에 나왔다.

죽은 시인의 사회·37

육이오전쟁 통에 죽은 시인들이 모여
서로 기리는 추모식장에 나는 우연히 참석해
죽은 김영랑 시인이 낭송하는 시를 들었다
운율이 깊은 시구보다 모순 어법에 사로잡힌 나는
찬란한 슬픔이 나에게 생긴다면
기꺼이 빠져 들겠노라고 속으로 중얼거렸다
식후式後에 김영랑 시인을 처음 가까이 만났는데
자신보다 더 늙은 채 살아 있는 나를 보고는
전쟁이 터지지 않았다면 포탄에 맞아 죽지 않고
시를 이세상에 많이 써서 남겼을 텐데
저세상에 많이 써서 남기고 있다고 푸념했다
육이오전쟁 통에 죽은 시인들이 다가와
죽은 김영랑 시인의 신작시를 많이 읽을 수 있어
찬란하게 슬프다고 입을 모았다
또 전쟁이 터진다면 나도 포탄에 맞아 죽겠다는
예감에 몸을 떨며 추모식장에서 나왔다
그때 뒤따라온 누군가 가만히 나를 불러 세우고는
자신을 육이오전쟁 통에 죽은 무명 시인이라고 소개하더니

김영랑 시인이 살아 있었던 당시 정권이
군인의 반란을 민간인의 반란으로 규정하여 학살한
여순 사건 현장을 시찰한 후 쓴 시를 읽어봤다면[*]
죽은 김영랑 시인이 쓴 신작시를 아무리 많이 읽는다 해도
찬란하게 슬플 수 없다고 속삭이곤 총총히 사라졌다
일순간 나는 좌악 소름 끼쳤다

---

[*] 이동순(조선대 교수)은 논문 「여순사건의 시적 재현양상」(『비평문학』 제72호, 2019)에
서 이렇게 쓰고 있다. "소설가 박종화, 김송, 정비석, 시인 김광섭, 김영랑, 시인이자
평론가인 이헌구, (…) 이들은 광주를 거쳐 순천, 여수, 하동을 시찰한 후 서둘러
신문지상에 글을 발표함으로써 제주도 4·3항쟁 토벌을 거부한 14연대 일부 군인들의
반란이 비무장 민간인들이 일으킨 반란으로 규정하였으며, (…) 시인 김영랑은 「새벽
의 처형장」과 「절망」을 <동아일보>에 발표하였다. (…) 김영랑은 광복 후 강진에서
민의원 선거에 출마하였다가 낙선한 뒤 서울로 이주하자마자 이승만 정권의 호출에
응하였고 이데올로기를 생산하는 데 앞장서게 되는데 첫 행보가 여순사건 시찰단에
합류한 것이다."
　　이 논문에 의하면 김영랑은 시 「새벽의 처형장」(<동아일보>, 1948. 11. 14)과 「절망」
(<동아일보>,1948. 11. 16) 외에도 「새나라」(<동광신문>, 1949. 1. 1)를 발표하였다.

죽은 시인의 사회 · 38

육이오전쟁 통에 죽은 시인들이 모여
서로 기리는 추모식장에서
박용철 시인은 저세상에서도
영랑시집을 만들고 있다고 자랑했다
박용철 시인이 이세상에서
김영랑 시인을 처음 만났을 적에
단번에 시재詩才를 알아보곤 시 쓰기를 권했고
영랑시집을 만들었다는 기록을 읽어
나는 익히 잘 알고 있었다
이세상에서와 마찬가지로
저세상에서도 교유하며
또 영랑시집을 만든다는 박용철 시인이
저세상에서 시를 쓰고 있는지는 몰라도
평소 시를 잘 쓰는 김영랑 시인을 우러러봤던 나는
박용철 시인도 우러러보지 않을 수 없었지만
죽은 시인들이 죽은 시인들을 기리는 추모식장에서 나올
때
어느 무명 시인이 뒤따라와 속삭인 말을 듣곤 단번에 생각을

바꾸었다

　김영랑 시인이 살아 있을 때 한 행적,

　즉, 시인이 아무리 시를 잘 써도

　권력자가 정권을 유지하려고

　군인의 반란을 민간인의 반란으로 규정하여 학살한 그 현장
을

　권력자의 편에 서서 바라보고 시로 썼으니 참다운 시인일
수 없고,

　박용철 시인이 저세상에서 만든다는 영랑시집에

　그 시를 반드시 실어야 참다운 시집이 될 수 있다는 조언을
해야겠다 싶어

　다시 추모식장으로 되돌아갔으나

　육이오전쟁 통에 죽었다는 시인들이 아무도 없었다

죽은 시인의 사회 · 39

내가 해를 따라서 걸어가다가
수십 년 묵은 밤나무 그늘 아래에서 담소하는
박두진 시인과 조지훈 시인 둘레로
놀고 있는 커다란 고라니와 작은 청설모를 보았다
내가 잘 아는 고라니와 청설모였다
커다란 고라니는 해마다 벼가 자란
우리 집 앞 논에 몰래 숨어서 지내던 녀석이고
작은 청설모는 해마다 잣이 익는
우리 집 옆 잣나무에 몰래 오르락내리락하던 녀석이었다
아내에게 곧잘 들키던 녀석들이 우리 집 둘레에서
박두진 시인과 조지훈 시인 둘레로 옮겨와서
마음껏 모습을 드러내고 있었다
그러고 보면 나와 아내는 위험한 상대이고
박두진 시인과 조지훈 시인은 평화한 상대라는 걸
커다란 고라니와 작은 청설모가 증명하는 것 아닌가
그런데 밤나무 그늘 아래로 청록파가 다 모이지 않은 까닭은
뭣인고!
지금 그건 내가 궁금해 할 바가 아니고 중요치도 않은 시안이

었다

　내가 멈춰 서서 바라보고 있으니 해도 멈춰 서서 내려다보고
있다는 사실,

　커다란 고라니와 작은 청설모가 가만히 서서 귀를 기울이고
있다는 사실,

　더구나 아내가 좋아해서 우리 집 뜰에 심어놓은 모란과
국화와 채송화가 슬금슬금 다가오고 있다는 사실,

　나는 박두진 시인과 조지훈 시인의 시집을 펼친 기분이
되어서

　아, 내가 탄성을 질러놓고 내가 놀라는 순간,

　수십 년 묵은 밤나무 그늘 아래에서

　박두진 시인과 조지훈 시인의 시를 묵독하는

　작년의 나와 재작년의 나를 동시에 보았다

죽은 시인의 사회·40

청년 김기림 시인과 중년 김기림 시인이
찻집에 마주앉아 시를 두고 다투는 말소리를 듣는
김기림 시인을
나는 보았다
청년 나와 중년 내가
찻집에 마주앉아 시를 두고 다투는 모습을 바라보며
내가 당황하고는 서둘러 이견을 봉합하려고
청년 나와 중년 나에게 각각 악수를 청할 때였다
김기림 시인은 청년 김기림 시인과 중년 김기림 시인에게
아무런 눈짓도 손짓도 몸짓도 하지 않았다
김기림 시인은 가만히 있기도 하고
오른쪽 귀를 기울이기도 하고 왼쪽 귀를 기울이기도 하면서
시종일관 진지했다
내가 슬쩍 귀동냥하고 내가 슬쩍 눈동냥하기로는
청년 김기림 시인은 시의 방법에 대해 역설하는 것 같았는데
김기림 시인은 편들지 않았고
중년 김기림 시인은 시의 현실참여에 대해 역설하는 것
같았는데

김기림 시인은 편들지 않았다

이런 김기림 시인을 보면서

청년 김기림 시인과 중년 김기림 시인을 싸잡아

모더니스트라고 말해선 안 되겠다는 판단을 했다

나는 청년 나와 중년 나에게 악수를 청하던 손을 거두어
맞잡고는

김기림 시인에게 다가가 인사를 했다

청년 김기림 시인도 일어나고 중년 김기림 시인도 일어나
나하고 악수했다

죽은 시인의 사회 · 41

나는 들판에 나가서 산책하면
"벼는 서로 어우러져 기대고 산다"는[*]
이성부 시인이 쓴 시구가 떠오르고
'벼는 서로 어우러져 산다'로
고치고 싶은 마음이 든다

저세상에도 들판이 있어
이성부 시인이 산책하는 중에
"벼는 서로 어우러져 기대고 산다"는
자신이 쓴 시구가 떠오르고
'벼는 서로 어우러져 산다'로
고치고 싶은 마음이 들까

이세상에서 친하게 지내지 않아서
이성부 시인이 시를 쓸 때
한 편 일필휘지하는지
한 자 한 자 정서하는지
전혀 모르는 내가 되고 운운하는 것은

예의가 아니라는 걸 알면서도
가을에 들판에 걸어 나오면
이성부 시인이 저세상에서
고민할 거라는 생각을 하게 된다

* 이성부의 시 「벼」의 한 구절.

죽은 시인의 사회 · 42

초로에 든 나에게 지금까지도
단 한 편의 시만으로 기억되는
홍사용 시인,
청소년 습작기 때 읽었던 시,
홍사용 시인의 「나는 왕이로소이다」
소리 내어 욀 때마다
나에게 심금의 운율을 알게 해주었던 시,
이런 시를 남기고 이세상을 떠난
홍사용 시인을 생각해보는 밤에
그 시인이 홀연히 나를 찾아와서
저세상에서 소리 내어 욀 시가 나에겐 없다고 말했다

나는 안다
이세상에서도 소리 내어 욀 시가 나에겐 없다는 걸
그런 시 한 편을 쓰고 싶어
이세상에서 오래 살려고 애쓰고 있다는 걸

홍사용 시인이

저세상에서 소리 내어 읽을 시가 나에게 없다고 말하는 건
독자가 슬플 때 찾아 읽을 슬픈 시가
내가 쓴 시들 중엔 없다는 뜻일 테고
독자가 아플 때 찾아 읽을 아픈 시가
내가 쓴 시들 중엔 없다는 뜻일 테다

죽은 시인의 사회 · 43

강화 우거로 가는 버스를 타고
나는 차창 밖을 내다보고 있다가
김포 유택에서 나와 국도변에서 서성이는
한하운 시인을 발견하곤 했다
그때마다 나를 보지 못했으리라 여겼는데
한하운 시인이 시를 써서 보내오곤 해서
나도 시를 써서 보내곤 했다
나는 한하운 시인의 신작을 읽었고
한하운 시인도 나의 신작을 읽었을 것이다
상대의 구작에 훨씬 더 감동한 시절이 있었던 바라
피차 나눌 독후감도 피차 만나서 할 토론도 없었다
김포 한하운 시인의 유택에서 보면
들판 가운데 지어진 고층아파트들,
강화 나의 우거에서 보면
산꼭대기에 지어진 전원주택들,
꽃들이 들판에서 피어나도 새들이 산에서 우짖어도
이웃들이 높은 데 살면서
돈 많은 척 눈비음하는 흔하고 흔한 짓거리가

서로 주고받은 시에 선명하나 다르게 그려져 있었다
　나와 한하운 시인이 만나지 않아도 되는 이유를 군이 든다면
그것이었다

죽은 시인의 사회 · 44

김현승 시인이 커피를 유난히 즐겨서
아호를 다형茶兄으로 정한 걸로 아는 나는
예멘인들을 이해하는 시인인지 알고 싶어
모카커피 원두 한 통을 들고 찾아갔다

무슬림을 반대하여
주말마다 도심에서 시위가 벌어지는데
범죄 때문이라고도 하고
일자리 때문이라고도 하고
종교 때문이라고도 하지만
예멘에서 이슬람 수니파와 시아파가
권력을 잡기 위해 벌인 참혹한 전쟁을 피해
한국에 와서 난민 신청한 예멘인들을 옹호한다고
김현승 시인이 말해서
과연 시인이라고 나는 생각했다

예멘에서 생산된 원두로 내린 모카커피,
한국에도 널리 알려져 있는 모카커피,

모카커피를 맛본 김현승 시인이 나에게

　맛이 높고 향이 넓은 커피를 마시는 사람들은 마음이 깊으므
로

　커피나무를 키우는 사람들도 마음이 깊다고 하지 않을 수
없다면서

　나에게 한 머그잔을 건네고는 새로이 한 머그잔을 들고
오래도록 음미하였다

죽은 시인의 사회 · 45

청년 신석정 시인은 고향에 은둔하며 시를 썼고
청년 나는 타향에 은둔하며 시를 썼다
그런 동안에 시기하는 시인이 생겨나고
그런 동안에 곡해하는 시인이 생겨나서
청년 신석정 시인을 목가시인으로만 부르고
청년 나를 민중시인으로만 부르는,
한때의 시를 두고
남들이 붙인 호칭이
평생 따라다녔다
그런 동안에 몸을 팔아버린 시인이 생겨나고
그런 동안에 맘을 팔아버린 시인이 생겨나서*
중년 신석정 시인은 더욱 고향에 은둔하며 시를 썼고
중년 나는 더욱 타향에 은둔하며 시를 썼다
신석정 시인은 서정에서 현실로 시를 옮겨 놓았다가 서정으
로 되옮겨 놓기도 했고
    나는 현실에서 서정으로 옮겨 놓았다가 현실로 되옮겨 놓기
도 했다
    그런 동안에 스스로를 바꾼 시인이 생겨났어도

그런 동안에 스스로에게서 떠난 시인이 생겨났어도

말년 신석정 시인은 고향에 은둔하며 시를 썼고

말년 나는 타향에 은둔하며 시를 썼다

은둔처가 다르고 시간대가 달라서 한 번도 만나지 못한

채

이미 신석정 시인은 이세상을 떠나면서 오직 시를 써서

남겼고

이제 나는 저세상으로 따라가면서 오직 시를 써서 남기려고

애썼다

* 신석정의 시 「꽃덤풀」에는 이런 구절이 있다. "그러는 동안에 영영 잃어버린 벗도
있다. / 그러는 동안에 멀리 떠나버린 벗도 있다. / 그러는 동안에 몸을 팔아버린 벗도
있다. / 그러는 동안에 맘을 팔아버린 벗도 있다."

죽은 시인의 사회 · 46

김관식 시인은 농성장에
초저녁에 나타났다가 새벽에 사라졌다
침묵으로 자릴 지키는 김관식 시인을
아무도 모르고 있었지만
나는 단번에 알았다
주민들이 모이는 장소라면
그린벨트 해제를 반대하는 농성장에서도
고압송전철탑을 반대하는 농성장에서도
사드 배치를 반대하는 농성장에서도
땅바닥에 주저앉아 눈 부릅뜨는 김관식 시인,
낮과 밤을 견디는 방식과
생을 버티는 방식과
죽음을 견디는 방식을
깨달은 사람으로 보이는 김관식 시인,
나는 곁에서 잠자코 함께 농성했다
내가 눈인사도 하지 않고 곁눈질하면
김관식 시인은 농성장에 참석한 주민들
한 분 한 분 얼굴을

다 합쳐놓은 표정을 짓고 있었다
물론 나의 얼굴도 합쳐져 있어
자꾸 김관식 시인에게로 고개가 돌려졌다
철야농성을 하는 동안
모두가 김관식 시인의 얼굴을 하고 있었는데도
아침까지 누구도 모르고 있었다
나 자신도 그런 얼굴을 하고 있었는지 확인할 수 없었던
나는
김관식 시인이 또 나타날 때까지 농성장을 떠나지 않았다

죽은 시인의 사회 · 47

전위시인으로 기록되기도 하고[*]
전위파로 불리기도 하는 유진오 시인이
신군부독재정권의 호헌 반대 데모에 등장하여
젊은 시인들과 스크럼을 짜고 길바닥에 앉아 있던 모습을
나는 보았다

유진오 시인이 1940년대 중후반을 살 적엔
시를 써서 미군정에 저항했다가 감옥 갔다 왔고
또 시를 써서 파르티잔을 위무하러 입산했다가 감옥 갔다
왔던
그 이력으로 젊은 시인들을 압도했다
나도 압도되었지만
선전선동하는 시편에는 공감하지 못했다

유진오 시인이 1980년대 중후반을 살 적엔
시위에 동참했어도 선전선동 같은 시를 발표하진 않았고
시위 대열을 이룬 젊은 시인들이 외치는 선전선동 같은
시를 진지하게 듣기만 했다

내가 젊은 시인들의 시를 두고 작품성의 결여를 지적하고
젊은 시인들이 나의 시를 두고 투쟁성의 결여를 비난하는
동안에
신군부독재정권은 끝장났다

전위시인으로 기록되기도 하고
전위파로 불리기도 하는 유진오 시인이
돌연히 행방을 감추었다
나나 젊은 시인들이나 곧 유진오 시인을 잊었다

* 김광현, 김상훈, 이병철, 박산운, 유진오가 1946년에 합동시집 『전위시인집』을 냈다.

죽은 시인의 사회 · 48

해 뜬 후와 해 지기 전 하루 두 번
내 집 마당에 들르는 어린 야생고양이가 있어
먹이를 접시에 담아주기를 즐기게 된 나는
소년시절 애송한 시 「봄은 고양이로소이다」를
자연스레 속으로 중얼거리다가
이장희 시인 또한 떠올리지 않을 수 없었다
조선총독부 중추원 참의 아버지가
일본어에 능통한 아들에게
사업상 통역을 부탁했는데
거부했다는 이장희 시인,
부잣집에서 자식 대접받지 못하고
골방에서 가난하고 쓸쓸하게 지내며
홀로이 시를 썼다는 이장희 시인,
일제에 저항한 이상화 시인의 시와 함께 실린
2인 시집이 나왔을 때
죽어서 비로소 미소 지었을 이장희 시인,
혼자서 잘 입고 잘 먹으려고 친일한
아버지를 단호히 외면한 시인이어서

단연 돋보였다, 나에겐
스물아홉 살에 음독자살했다는 사실도
시 쓰는 생의 고통을 생각하게 했던
젊디젊은 시인이었다
나는 환갑 넘은 노년시절에
내 집을 찾아오는 어린 야생고양이에게
먹이를 접시에 담아주다가
이장희 시인이 환생하여
해 뜬 후와 해 지기 전 하루 두 번씩이나
나에게 영감을 주러 들르는가 여겨져
내 집 마당에서 야생고양이가 보이지 않는 날에도
먹이를 접시에 담아 놓곤 했다

죽은 시인의 사회 · 49

최남선 시인과 이광수 시인이
신체시를 발표한 잡지에*
아직 태어나지 않는 내가
현대시를 여러 편 투고했다
한 편도 채택되지 못했다
한용운 시인이 이를 알고는
아직 태어나지 않은 나에게 축하한다 했다
몹시 당혹스러웠다
먼먼 훗날 태어나면 알게 될 진실이지만
지금은 두 사람이 천재로 소문이 자자해도
곧 친일파로 더 유명해진다고 예언하였다
아직 태어나지 않은 나는 실망하여
다시는 투고하지 않았다
한용운 시인에게 사사하고 싶었으나
원고를 보여드리기엔 너무 부족하였다
마침내 내가 태어나서
다시 현대시를 쓰려고 시도할 무렵이었다
최남선 시인과 이광수 시인과 한용운 시인이 이미 죽었다

최남선 시인과 이광수 시인은 친일시인으로
한용운 시인은 일제 저항시인으로
한국문학사에 기록돼 있었다
최남선 시인과 이광수 시인의 책들을 내다버리고
한용운 시인의 시집을 애독하면서
나는 시작詩作에 정진 또 정진하였다

* 최남선이 1908년 11월에 잡지 『소년』을 창간했다. 최남선은 창간호에 신체시 「해에게서
  소년에게」를, 이광수는 1910년에 신체시 「우리 영웅」을 발표했다.

죽은 시인의 사회 · 50

이승에선 스승을 제자가 넘어야 할 대상이라 했지만
저승에선 아예 사제지간이 존재하지 않았다

김소월 시인에게 시작법을 배우려고
내가 일부러 찾아간 저승에서
김소월 시인은 날이면 날마다
독자들과 대화하느라고
시를 통 쓰지 못한다는 소식이 들렸다
산 자들이 이세상에서 가장 사랑했던 시인,
죽은 자들이 저세상에서 가장 사랑하는 시인,
김소월 시인을 찾아온 독자들 중 김억 시인은
문전박대 당했다는 소식도 들렸다
이승에서 스승 노릇 좀 했다고 해서
저승에서 스승 대접 좀 받으면서
그 덕을 보려는 꿍꿍이속이라고
나는 속으로 딱 잘라 판단했다
이승에서 일제에 붙어
호의호식했던 생활을 추억하여

저승에서 김소월 시인한테 붙어
호의호식하려는 꿍꿍이수작이 아니라면
이승에서 평생 괴롭게 살다가
저승에서 비로소 평화롭게 지내는
김소월 시인을 차마 찾아오진 못하였으리라

나는 여러 날 기다린 끝에
김소월 시인을 만나 문하가 되기를 청했다가
저승에선 사제지간이 존재하지 않는다는 이유로 거절당하
여
이승으로 되돌아올 수밖에 없었다

죽은 시인의 사회·51

주요한 시인의 「불놀이」
김동환 시인의 「국경의 밤」
김상용 시인의 「남으로 창을 내겠소」
소년 때 읽었다
이제 노년을 살아가면서
정월대보름에 들판에서 벌이는
민속놀이 쥐불을 볼 때,
탈북 가족이 중국 공안에 붙잡혀
북한으로 돌려보내지는 소식을 들을 때,
귀촌자들이 언덕배기에 호화롭게 지은
전원주택 앞을 지나갈 때,
때마다 괴이하게도
주요한 시인의 시가
김동환 시인의 시가
김상용 시인의 시가
연상되었던 건
시험을 치기 위해
시를 암기한 학습 효과였을 것이었다

그러거나 말거나
시를 써서 이득을 취하는
한 방법으로 친일을 터득했을
주요한 시인과 김동환 시인과 김상용 시인은
자신들이 죽었는데도
끝끝내 죽지 않은 자신들의 시를
대단하게 자평하면서
시를 쓸수록 시인이 빈곤해지는 시절을 견디는 나를
시를 쓸수록 시가 읽히지 않는 시절을 견디는 나를
저승에서 한껏 비웃었을 것이었다

죽은 시인의 사회·52

젊은 변영로 시인은
일제 때 쓴 「논개」가
널리 알려져서
사전死前에 민족시인으로 불렸고,
늙은 변영로 시인은
독재정권 때 쓴 시 「이 대통령께」가*
널리 알려지지 않아서
사후死後에 어용시인으로 불리지 않았다

내가 눈치 빠른 젊은 시인이었던 적엔
「논개」와 같은 시를 쓰고 싶어 했고
내가 눈이 흐려진 늙은 시인이었던 적엔
「이 대통령께」와 같은 시를 안 읽고 싶어 했지만
시인은 젊을 때부터 늙을 때까지
혹은
시인은 젊어서나 늙어서나
권력이라면
어떤 권력이든 멀리한 채

시를 읽고 써야 한다는 소신을 가진 나에겐

변영로 시인이 괴이하였다

의기義妓에게서 독재자에게로

시심을 옮겨가는 것이

자신의 일생을 걸 만한 일이었을까?

민족시인에서 어용시인으로

신분을 옮겨가는 것이

자신의 시를 걸 만한 일이었을까?

* 맹문재는 평론 「변영로의 '님' 읽기」(『수주문학』, 2009)에서 이렇게 쓰고 있다. "수주는 한국전쟁 이후 1955년까지 이승만 대통령을 노래한 축시를 연속적으로 영시 형식으로 썼다. 일흔여덟의 이승만 대통령을 신년시 형식으로 노래한 「우리 대통령께」, 79회 생일을 노래한 「이 대통령께」, 80회 생일을 노래한 「이 대통령의 80회 생신에 붙여」가 해당 작품이다."

죽은 시인의 사회 · 53

내가 젊었던 군부독재 시대에
굴뚝 연기 솟구치는 공장에서
최루탄 자욱한 거리에서
청년들이 쳐든 깃발을 볼 때마다
소리 없는 아우성*이 들리곤 했다

유치환 시인이 젊었던 일제시대에
청년들이 방방곡곡에서 쳐든 태극기에서
영감을 얻어 썼으리라 상상하고 외웠던
이것은 소리 없는 아우성이라는 시구가
공장과 거리에서 쳐든 깃발과 치환되곤 했다

깃발은 올릴 때가 중요하지만
내릴 때가 더 중요함을 알았던 청년들이
깃발을 올리고 내렸던 시대가 지나가 버린 뒤
나에겐 소리 없는 아우성이 더는 들리지 않았고,
어디선가 펄럭이는 깃발이라도 보이면
얼핏 유치환 시인이 떠오르곤 했다

그러면 널리 알려진 유치환 시인의 연시시편戀詩詩篇**과

널리 알려지지 않은 유치환 시인의 부왜시문附倭詩文*** 사이에서

나는 전자보다 후자를 찾아 읽고 싶은 마음을 어찌하지 못했다

그리고 유치환 시인이 실지로 깃발을 쳐든 적이 있었을까,

그 곳이 있었다면

연시시편을 썼던 고국이었는지 부왜시문을 썼던 만주였는지 궁금하였다

---

*   유치환의 시 「깃발」에 이런 구절이 있다. "이것은 소리 없는 아우성"

**   「그리움」(1935), 「행복」(1953).

***   박태일은 논문 「청마 유치환의 북방시 연구」(『어문학』 제98호, 2007)에서 이렇게 쓰고 있다. "유치환은 입만하여 귀국하기까지 모두 열일곱 차례 나라 안팎에서 작품을 발표했다. 이들 가운데 만주 체류의 체험을 그 기간 안에 담아 발표한 것은 모두 일곱에 머문다. 그 속에서 네 편이 부왜시문이다. 따라서 오늘날 찾아볼 수 있는 그의 부왜작품은 줄글 한 편과 만주 체류시 세 편, 그리고 만주 회고시 한 편까지 모두 다섯이다. 「대동아전쟁과 문필가의 각오」(1942), 「수」(1942), 「전야」(1943), 「북두성」(1944)에다 광복 뒤 시집 『생명의 서』(1947)에 올린 「들녘」이 그것이다."

    김재용은 「유치환의 친일행적들」(한겨레 인터넷판 2004. 8. 6.)에서 이렇게 쓰고 있다. "유치환이 친일을 하지 않았다는 근거 없는 이야기는 이제 사라져야 한다. 물론 그렇다고 해서 친일이 그의 문학 전반을 규정하는 것이 아니라는 사실도 명심해야 할 것이다."

죽은 시인의 사회·54

이원수 시인이 친일시를 썼다는 사실을
나는 몰랐다

이원수 시인은 원로 시절
나는 갓 등단한 신인 시절
종로 5가 뒷골목 막걸리집에서*
누군가 소개해서 딱 한 번 인사하였었다
아이 적에 「고향의 봄」을
학교에서 합창하기도 했고
집에서 독창하기도 했고
산발치에서 지는 해를 바라보며
하모니카로 부르기도 했던 나는
그저 감격했을 따름이었었다

그 후 이원수 시인이 작고했고,
유족으로부터 모든 시를 넘겨받아
시집으로 출판하기 위해
나는 편집을 하고 교정을 보면서**

한국 아동문학의 선구자로 평가했다

단 한 편에서도
단 한 구절에서도
친일을 발견하지 못하였던 나는
유족이 아버지의 친일을 사죄하였을 때***
시인으로서 몹시 놀랐고
독자로서 몹시 억울했고
편집자로서 몹시 안타까웠다

해방 후, 왜 자기반성하지 않았을까
어느 친일 시인은 한때 독재자에게 바치는 헌시를 썼는데
이원수 시인은 죽을 때까지 사실주의 시를 써서
반성시反省詩를 대신했을 거라고 나는 믿고 싶었다

---

*　내가 추천받아 등단한 『현대문학』 편집부가 종로 5가에 있었다.
**　『이원수아동문학전집』이 1984년 웅진출판에서 출판되었으며, 전 30권 중 제1권이
　　동시집이다. 당시 나는 이 전집의 편집책임을 맡았다.
***　이원수 탄생 100주년 기념식(2011. 11. 22)에서 딸 이정옥 씨가 사죄했다.

119

죽은 시인의 사회 · 보유補遺 1

무시로 외로운 가슴에
다른 가슴이 하나 더 있어
나는 시를 쓴다*

습작에 목숨을 걸었던 습작기 시절에
처음 만났던 박훈산 시인이
예순여섯 해를 살고 작고했단 소식을
시작에 또 목숨을 걸었던 신예 시절에 듣고 나서
그의 시집을 찾아서 읽다가
마음에 든 시구를 외우면서
얼마나 외로웠기에
다른 가슴이 하나 더 있어
시를 쓴다고 했는지를
그가 죽은 나이를 훨씬 넘도록 살아 있는
나는 오늘도 생각한다

내가 나 자신에게
시를 다작하는 이유를

해명해야 하는 상황이 되면
읊조리기도 했던 문장이었다

시인에겐 가슴이 하나만 있지 않고
여럿 있을 수 있다는 걸 아는 데
일평생 걸린 나는
시를 쓸수록 더욱더 가슴이 무시로 외로워
가능하면 다른 가슴을 많이 가지려고 했다

* 박훈산은 1919년 경북 청도 출생, 1946년 『문학예술』, <국제신보>에 시를 발표하며
  등단, 1985년 작고했다. 그의 시 「마음 가운데」에는 이런 구절이 있다. "무시로 외로웠던
  마음 가운데에 / 말할 수 있는 새로운 가슴 하나 더 있었으면, / 피어난 꽃 한 포기
  너무나 아름다웠다고 말하리다만" 그에게 나는 내 습작품에 대해 몇 차례 고견을
  들은 바 있다.

죽은 시인의 사회 · 보유 2

조기섭 시인*은 시를 발표하지 않으면서
시 쓰는 도리를 터득했다고 말하진 않았으나
나 스스로 그리 알았으며,
나는 시를 발표하면서
시 쓰는 도리를 터득했다고 말하고 싶다
내 청년 시절, 내 관점으로 보자면
조기섭 시인은 시를 놔두고
여러 시인을 사사로이 도우며 어울리다가
과작하는 체질이 되어버렸고
나는 홀로이 시를 붙들고 지내다가
다작하는 체질이 되어버렸다
그것은 시인이면 누구나
각자 달리 표현하는 몸짓 언어여서
조기섭 시인은 시를 적게 썼는데도
나에겐 시를 많이 쓴 걸로 보였고
나는 시를 많이 썼는데도
나에겐 시를 적게 쓴 걸로 보였다
내 말년 시절, 내 관점으로 봐도

조기섭 시인은 나에게
반면교사가 아니었어도
롤 모델이 아니었어도
시를 발표하지 않으면서
시 쓰는 도리를 가르쳐주려고 했던 것 같다
다만 내가 배운 대로 행하지 않았다

---

* 조기섭은 1930년 경남 창녕 출생, 시집 『바람의 연가』(조광출판사, 1971)로 등단,
2011년 작고했다. 그에게 나는 내 습작품에 대해 몇 차례 고견을 들은 바 있다.

죽은 시인의 사회 · 보유 3

내가 죽은 후일에
나와 비슷한 감각을 가진 시인이 태어나
내 시에 사로잡히면
그는 불행할 것이고
나는 행복할 것이다
이것이 시와 시인의 운명 아니겠는가,* 하고
권국명 시인이 말했을 때
살아생전에 자작시가 읽히지 않는다 해도
죽을 때까지 시작詩作을 해야 시인이라는
신념을 가진 나에겐 지당하게 들렸다

어떤 시인이 다작에 동의하지 않는다 해서
나는 과작할 수 없고
어떤 시인이 과작을 미덕으로 삼는다 해서
나는 다작하지 않을 수 없고
시란 쓰자고 해서 언제든지 써지는 글이 아니다, 하고
내가 말했을 때
권국명 시인은 지당하다고 맞장구쳤다

내가 죽은 후일에 태어나는 시인들 중에는
나와 비슷한 감각을 가진 이는 없을 테다
오늘도 살아 있는 나는 시를 쓰고 또 썼다
이것이 시와 시인의 운명 아니겠는가

* 권국명은 1942년 경북 고령 출생, 1964년 『현대문학』으로 등단, 2012년 작고했다.
  『대구문단 이야기』(고문당, 2008)에서 소설가 이수남은 권국명이 사석에서 한 말을
  이렇게 기록했다. "후일 나와 비슷한 감각을 가진 시인이 나와서 내 시가 그의 눈에
  띄면 천만다행이겠지만, 없으면 없는 대로 괜찮다. 내가 그렇게 40년을 지내왔는데…
  그것이 시요 문학이 아니겠느냐." 그에게 나는 내 습작품에 대해 몇 차례 고견을
  들은 바 있다.

시인이라는 고유명사는 보통명사가 되어서

홍승진

1. 문학사에 관한 문학

필자의 경험상, 문학을 취미로 삼는 사람은 '이상한' 사람일 확률이 높다. 취미는 대체로 재미를 위한 것인데, 문학은 아주 지루한 취미이기 때문이다. 텔레비전도 없고 인터넷도 없던 시대에는, 활자 매체가 시간을 보내는 데 알맞았을 것이다. 읽을거리 중에서는 그래도 문학이 가장 재밌지 않았겠는가. 요즘에는 화려한 영상과 사운드로 말초신경계를 자극하지 않는 문학책을, 그것도 두 손으로 책을 붙들고 한 장씩 책장을 직접 넘기며 엉덩이와 허리의 뻐근함을 무릅쓰고 문학책을 읽기란, 어지간히 고통을 즐기는 '변태'가 아니고서는 쉽게 취미로 삼기 어렵다. 이 문장까지 읽은 당신도 어떤 분일지

짐작이 간다.

그렇다면 당신은 하종오의 이번 시집에 조금 더 흥미를 느낄지도 모른다. 필자가 이 시집에 흥미를 느낀 것도 문학 연구가 필자의 직업이기 때문이다. 문학 연구의 중요한 과제 중 하나는 문학사 서술이다. 개별 문학 작품들 사이에 어떠한 공통점과 차이점이 있는지를 시간의 흐름에 따라 서술한 것이 문학사라 할 수 있다. 이와 반대로, 하종오의 이번 시집 『죽은 시인의 사회』는 문학사의 시인들을 소재로 한 문학이다. 문학 의 역사에 관한 서술을 문학사라고 부른다면, 문학사에 관한 문학은 무엇이라고 불러야 할까? 이름 붙일 수 없는 사태는 언제나 흥미롭다. 일상과 다른, 즉 이상異常한 체험을 요구하기 때문이다. 특히 문학사에 관한 문학 작품을 이처럼 의식적이고 본격적인 수준에서 시집 한 권 분량으로 구성한 사례는 그 유례를 찾아보기 힘들다는 점에서, 『죽은 시인의 사회』라는 시집 한 권은 그 자체로 '문학사에 관한 문학'이라는 장르를 새롭게 개척한다.

한 권의 시집이 이상한 장르를 개척한 만큼, 그에 대한 해설에서는 여러 가지 물음을 던져보고자 한다. 그 물음은 시인에게 시대 현실과 지역이 어떠한 의미를 지니는지, 그리고 시대 현실과 지역 속에서 시인의 존재 방식은 무엇이어야 하는지를 물을 것이다. 먼저 시대 현실과 관련해서는, 시집 『죽은 시인의 사회』가 단순히 '문학사에 관한 문학'일 뿐만

아니라 '과거의 문학사를 현재의 문제와 연결시키는 문학'이
라는 점에 주목하고자 한다. 둘째로 지역과 관련해서는, 하종오
의 이번 연작시편이 어째서 죽은 '한국' 시인들을 주요한
소재로 삼았는지, 그동안 하종오의 시 세계가 꾸준히 천착해온
이주민의 문제가 이번 연작시편을 통해 집약된 까닭은 무엇인
지를 살필 것이다. 마지막으로는 그러한 시대 현실과 지역의
측면이 하종오의 시 세계 속에서 참다운 시인의 존재방식과
어떻게 연관되는지를 질문해볼 필요가 있다.

2. 시간교란과 인민의 역사

「죽은 시인의 사회」 연작은 작고한 시인을 등장시킨다.
여기에는 몇 가지 공통점이 있다. 작고한 시인들을 살아 있는
것처럼 표현한다는 점, 그들의 움직임을 특정한 시공간의
한계 안에 가두지 않는다는 점 등을 꼽을 수 있다. 이러한
방식으로 작고한 시인을 표현하는 까닭은 무엇일까? 그것은
역사철학적 문제이기도 하다. 과거와 현재의 관계에 대한
문제이기 때문이다. "이전 세대와 우리 세대 사이에는 비밀스
러운 약속이 있다. … 과거를 역사적으로 발화(發話)한다는 것은
'과거가 실제로 어떠했는지'를 확인한다는 뜻이 아니다. 그것
은 위험의 순간에 번뜩이는 기억을 포착한다는 뜻이다."[1]

1. Walter Benjamin, "Über den Begriff der Geschichte" VI, *Gesammelte Schriften* I.1,
   unter Mitwirkung von Theodor W. Adorno und Gershom Scholem; hrsg. von Rolf Tiedemann

과거는 일방적으로 현재에 영향을 주기만 하는 것이 아니다. 현재의 우리들이 과거를 어떠한 방식으로 소환하는지에 따라서 과거의 생명력이나 유효성이 검증되기 때문이다. 「죽은 시인의 사회」 연작은 역사를 그렇게 포착한다. 죽은 시인에 대한 과거의 기억은 현재의 고통에 의해 소환되어 번쩍이는 섬광처럼 작품 속에 표현된다. 이번 연작의 아름다움은 여기에서 비롯한다.

> 식량을 달라! 식량을 달라! 식량을 달라!
> 먼 곳에서 총성이 울렸다
> 이미 죽은 이상화 시인과 아직 태어나지 않은 내가
> 성난 데모대에 섞여 거리로 나아갔을 때
> 가까이서 또 총성이 울렸고
> 헐벗은 한 대구시민이 피를 흘리며 고꾸라졌다
> (중략)
> 이미 죽은 세상에서 온 이상화 시인과
> 아직 태어나지 않은 세상에서 온 나는
> 이세상에서 동년배로 만난
> 1946년 10월 어느 날부터
> 이후 대구를 중심으로 전개된

und Hermann Schweppenhäuser, Frankfurt am Main: Suhrkamp, 1974, S. 694-695. 이하 번역은 모두 인용자의 것.

더 참혹하고 더 처참한 사실을 시로 쓰지 못해

오늘날까지도 해산하지 않은 데모대에 합류해 있었다

　　　　　　　　　　　　　　　 － 「죽은 시인의 사회・6」, 부분

먼저 일어난 일과 나중에 일어난 일 사이의 역동적 상호작용
을 시간교란anachrony이라고 부를 수 있다. 위에 인용한 작품은
이번 연작 시집의 아름다움이 어째서 시간교란적 성격과 연관
이 있는지를 잘 보여준다. 시의 시간적 배경이 되는 1946년
10월 항쟁은 대구에서 발발하여 남한 전역으로 확산되어간
일련의 사건을 가리킨다. 당시 미군정 체제 하의 남한 사회는
극심한 쌀 부족에 시달리고 있었다. 10월 항쟁은 식량난으로
인한 민중의 분노였다. 그런데 이 사건의 시간 속에서 1943년에
죽은 이상화 시인과 "아직 태어나지 않은 세상에서 온 나"는
서로 만나고 있다. 여기서 "나"는 자연스럽게 1954년에 태어난
하종오 시인을 연상시킨다.

위 작품의 상상력이 더욱 놀라운 점은 두 시인의 만남이
"1946년 10월" 항쟁이라는 특정 사건의 시점에만 머물러 있지
않고 "오늘날까지도" 계속되고 있다고 표현한다는 데 있다.
인민의 역사는 "식량을 달라!"와 "총성"이라는 두 가지 소리
통해 압축적으로 요약될 수 있다. 과거에도 현재에도 인민의
삶은 생계의 불안과 국가 권력의 억압이라는 고통 속에 놓여
있기 때문이다. 위 작품에서 이미 죽은 시인과 아직 태어나지

않은 시인이 만나는 순간을 표현한 기법은 그러한 통시성을 효과적으로 표현해낸다.

이러한 독해 끝에, 필자는 시집 『죽은 시인의 사회』에 나타나는 시간성에 대하여 또 하나의 새로운 점을 발견할 수 있었다. 그 시간성은 '인민의 역사'에 관한 문제의식과 밀접한 연관이 있다는 것이다. 역사는 한 가지가 아니다. 누구의 어떠한 관점으로 바라보는지에 따라서 역사는 전혀 다른 의미로 우리 앞에 나타난다. 억압하는 자들의 역사와 억압받는 자들의 역사는 그 역사를 계승한 자들에게 각각 다른 목소리로 말을 건넬 것이다. 하종오의 이번 연작은 억압받는 인민의 역사와 더불어 저항하는 인민의 역사에 주목한다.

우리는 '저항'을 생각하면 일반적으로 그 저항이 '성공'했는지 아니면 '실패'했는지를 따지곤 한다. 「죽은 시인의 사회·9」의 시적 화자도 촛불집회에서 신동엽 시인을 마주쳤을 때, 그러한 관습적 사고방식에 따라 다음과 같은 생각을 한다. "혁명은 완성될 것인가 / 동학농민혁명이 미완되었고 / 사일구혁명이 미완되었다 / 과연 촛불혁명도 미완될 것인가" 신동엽 시인과 마주친 뒤에 촛불혁명을 동학혁명 및 사일구혁명과 연관시켜 생각하게 된 까닭은, 그가 사일구혁명의 역사적 의미를 동학혁명의 부활 또는 재생으로 파악한 시인이었기 때문이다. 사일구혁명에 자신의 시적 사명을 던졌던 신동엽이 촛불혁명 때 다시 거리로 나온 모습을 보고, 시적 화자는 존경심이나 감탄스러움보다 아연함과 회의감을 더 크게 느낀 듯이, 촛불혁명이 "완성될 것인가"와 "미완될 것인가"라는 의문을 품게 된다.

완성이냐 실패냐, 이러한 잣대로만 과거의 혁명을 판단한다면, 그 "혁명"의 기억, 즉 저항하는 인민의 역사를 다시 현재 시점으로 절박하게 소환할 여지가 사라져버리는 것은 아닐까? 동학혁명이나 사일구혁명의 꿈이 완전히 실현되었다면, 그 혁명들은 오늘날 우리에게 그저 고맙고 아름다운 추억거리로 회자될 것이다. 반대로 그 혁명들을 단순히 실패한 혁명으로만 치부해버린다면, 어차피 실패한 꿈은 되풀이해봤자 아무 소용도 없으리라는 비관에 빠지기 쉽다. 이처럼 완성과 실패의 기준으로 혁명을 판단하려는 시적 화자에게, 작품 속의 신동엽 시인은 "촛불혁명은 먼먼 미래에도 / 언제나 현재진행형일 수 있다고" 예언한다. 미래에도 현재진행형이라는 표현은 겉보기에 논리적으로 말이 안 되는 역설이다. 역설은 상식적으로 말이 되지 않지만 그 심층에는 진실을 담고 있어서, 우리의 상식을 뒤엎는 충격과 함께 그 진실을 전달한다. 시간교란을 일으키는 하종오 시의 역설은 다음과 같은 진실을 말하고 있다. 혁명의 기억은 그 속에 내재한 인민의 꿈이 온전히 이루어지는 미래에 이르기까지 현재진행형처럼 매순간 되살아나야 한다는 진실을.

3. 이주의 기억들을 응집시키는 장소

하종오의 이번 시집 속에서 시간이 과거와 현재와 미래 사이를 역동적으로 넘나드는 것이라면, 공간은 그 시간의 역동적인 흐름을 축적하고 응집시키는 것으로 나타난다. 앞서 살펴본 작품에서도 대구라는 공간적 배경은 이상화 시인과 하종오 시인의 만남이라는 상상에 개연성을 부여한다. 이상화 시인은 대구에서 태어나 대구에서 시를 썼다. 하종오 시인은 경북 의성이 고향이지만 대구에서 중학교를 다니고(「죽은 시인의 사회·29」) 대구에서 청년기를 보냈다(「죽은 시인의 사회·보유 2」 및 「보유 3」). 대구는 일제 강점기에 그곳에서 살았던 시인의 시간과 해방 이후에 그곳에서 살았던 시인의 시간을 해방기에 그곳에서 일어난 사건의 시간 속으로 끌어당긴다. 시인이 중심인물이고 장소가 배경일 뿐만 아니라, 장소가 중심인물이고 인간이 배경이기도 하다.

일반적으로 시에서 공간적 배경은 작품의 주제나 분위기를 암시하거나 강조하는 부수적·도구적 역할에 그치는 경우가 많다. 하지만 「죽은 시인의 사회」 연작에서 장소는 그 위에서 벌어진 사건들이 켜켜이 가라앉아 쌓이고, 그 위로 흘러가는 시간을 기억하고 보존하며, 그 위에 살다가는 존재자들을 매개시킨다. 이번 연작시편의 시간교란이 자의적이고 혼란스러운 상상의 유희에 빠지지 않고 인간의 현실에 육박해가는 이유는, 장소의 구심력이 대지의 품처럼 서로 다른 시간들의 역동적인 마주침을 수렴하기 때문이다.

이러한 공간적 특성을 통해서, 우리는 연작 속의 모든 작고 시인이 한국에서 태어나 한국에서 시를 썼던 시인이라는 점을 새롭게 주목해볼 수 있다. 대구라는 공통의 연고지가 시대를 초월하여 대구 10월 항쟁이라는 역사적 사건에 연루되도록 두 시인을 이끌었듯이, 「죽은 시인의 사회」 연작 속에서 한국이라는 장소는 시대를 초월하여 한국의 역사적 현실과 함께 호흡할 수 있도록 죽은 한국 시인들을 소생시킨다.

예를 들어 이번 연작에서는 한국 현대사의 거대한 비극 중 하나인 남북한 분단 문제와 관련하여 죽은 시인을 불러낸다. 「죽은 시인의 사회·4」는 "남북 평화 시대"를 맞아서 시인 임화가 내려온다는 상상을 제시한다. 1908년생 임화는 해방기인 1947년에 월북했으나, 1953년에 '미제간첩' 혐의로 북한 정권에 의해 숙청되었다. 이러한 역사적 사실과 달리 하종오의 시에서는 "111세 된 임화 시인아" 임진각으로 걸어오는 상황을 형상화한다. 그와 인터뷰를 하려고 기다리던 시적 화자에게 임화는 자신이 걸어온 뒤쪽을 손으로 가리켜보인다. 그의 손끝이 가리키는 곳에는 "월북했던 시인들이 터벅터벅 건들건들 느릿느릿 / 제각각 제멋에 겨운 걸음걸이로 걸어오고 있"는 모습이 펼쳐지며 작품은 끝을 맺는다. 역사적으로 이남 지역에서 창작 활동을 하다가 월북한 시인의 상당수는 임화와 같이 남조선노동당 계열에 가까웠다. 단독정부 수립, 한국전쟁,

분단 고착화 이후에 김일성은 북한 내 모든 권력을 자신의 북조선노동당 계열로 집중시키기 위해 남로당 계열 인사를 대거 숙청해갔다. "월북했던 시인들이" 2019년에도 아직 죽지 않고 살아서 임진각으로 걸어온다는 위 작품의 서술은 역사적 사실과 연관해볼 때 더욱 비극적으로 읽힌다.

또한 월북해서 이미 사망했을 시인들과 남한 시인들이 자유로이 접촉하고 교류한다는 상상력은 한반도 분단 체제가 매우 공고해보이지만 실상 얼마나 헛된 것일 수도 있는지를 상상해보게끔 한다. 가령 「죽은 시인의 사회·5」는 시적 화자가 박봉우 시인의 연락을 받고 임진강역에 가보니, 북한에 남은 시인 백석과 북한의 의용군으로 끌려갔다가 탈출하여 남한에서 활동한 시인 김수영을 만났다는 이야기다. 시인 박봉우는 분단 극복의 의지를 절절하게 노래한 시 「휴전선」으로 널리 알려진 바 있다. 통일을 염원했던 시인이었으니, 그가 분단 극복 이후에 백석과 김수영을 만나게 하고 싶어 하리라는 발상은 재미있으면서도 충분히 납득된다. 이 시는 위트와 유머가 섞인 다음 구절로 마무리된다. "박봉우 시인이 나타나 오른손 검지로 가리키며 물었다, 웃으면서, / 휴전선이라는 제 시가 새겨진 저 시비를 어떻게 해야 할까요?" 이처럼 멋쩍고 능청스러운 박봉우 시인의 너스레는 남북 분단이 어쩌면 희극적인 해프닝일지도 모른다는 상상을 가능케 함으로써, 한반도 인민의 삶 전반을 얽어맸던 분단 체제의 위압적인 이미지에 균열을 가하고 있다.

　이 지점에서 넋의 존재 방식과 관련한 또 하나의 물음이 생겨난다. 넋이 아무 곳에서나 출몰하고 감지되는 것이 아니라 특정 장소에 붙들린 듯 맴돈다는 상상력은 우리에게 무엇을 의미하는가? 쉽게 말해서, 하종오의 이번 연작은 어째서 죽은 시인들 중에 한국 시인들만을 소재로 삼고 있으며, 죽은 시인들이 어째서 한국에만 귀환하고 출몰한다고 상상하는가?

　하종오의 시 세계에서 한국이라는 장소는 일종의 시적 렌즈로 활용된다. 이번 연작시편은 특히 그 장소라는 렌즈에 죽은 한국 시인들의 넋이라는 필터를 끼워 현재의 한국 사회를 조망한다. 여기서 주의할 점은 하종오의 시에서 한국이라는 렌즈의 시야가 단지 한국인만의 문제를 조망하는 데 국한되지 않는다는 점이다. 시인은 그 렌즈를 통해서 한국 속에 이미 들어와 있는 세계의 문제까지 드넓은 시야로 바라본다. 이를 전 지구적 관점으로의 확장이라고 말하는 것은 부정확할지도 모른다. 단순히 전 지구적 관점을 도모했다면, 한국에서 벌어지는 사태뿐만 아니라 타국에서 벌어지는 사태까지도 연작의 자장 안에 포착했을 것이기 때문이다. 하종오의 시는 한국으로 이주해온 동남아 노동자, 제주도에서 난민 신청을 한 예멘인 등, 한국 외부로부터 한국 내부에 들어온 인민들을 시의 소재로 포착한다. 혈연적 '민족'의 좁은 관점을 넘어서 한국인과 외국인이 맞물려 있는 지점에까지 시야를 넓히되, 국가 간의 이주

현상에서 발생하는 사건을 한반도라는 특정 장소의 렌즈로써 포착하는 것이다. 이 지점이야말로 협소한 '민족문학'의 리얼리즘론과 근본적으로 차별화되는 하종오식 리얼리즘의 독특한 개성이라 할 수 있다.

> 용정에서 취재하러 남한에 온
> 조선족 난민의 후손 윤동주 시인이
> 말이 통하지 않아 어찌할 바를 모르는
> 나를 데리고 예멘 청년들을 만났다
> (…)
> 윤동주 시인은 용정으로 돌아가지 않고
> 남한에 머물면서 예멘 청년들과 자주 만나야겠다면서
> 시인지망생 예멘 청년 하산 씨가 한 대답을 나에게 들려주었다
> 한국어를 배우고 싶다,
> 한국어로 시를 쓰고 싶다,
> 난민이 된 예멘인들에 대해서 한국어로 시를 쓰고 싶다,
> 예멘에서 벌어지고 있는 내전은 보통 예멘 사람들이 벌린
> 전쟁이 아니라는 걸 보통 한국 사람들에게 전하고 싶다,
> 한국어를 가르쳐달라, 고…
>
> — 「죽은 시인의 사회 · 1」, 부분

위에 인용한 시는 외국인과 한국인의 교집합에서 발생하는

사건이 한반도라는 장소의 렌즈로 포착되는 미학적 근거를 잘 보여준다. 이 작품에서 윤동주 시인이 한국에서 난민 신청을 한 예멘 청년에게 관심을 보이는 까닭은 윤동주 시인이 "조선족 난민의 후손"이기 때문이다. 윤동주는 지금의 중국 길림성 연변 조선족 자치주 용정시에 해당하는 북간도 간도성 화룡현 명동촌에서 태어났다. 간도에 조선인이 본격적으로 이주한 것은 19세기 말, 함경도와 평안도의 극심한 기근 때문이었다. 윤동주 집안도 그의 증조할아버지 때인 1886년 무렵 함경도에서 만주로 이주했다. 이러한 윤동주 가족의 이주사가 곧 난민의 역사와 다르지 않다고 시인은 읽어낸다. 살기 위해 고국을 벗어나 타국으로 터전을 옮긴 인민들이 다름 아닌 난민의 정의이기 때문이다. 윤동주를 조선족 난민의 후손이라고 표현한 것은 독특하고 깊이 있는 시적 사유다. 지금까지의 한국문학사 서술 방식이 대부분 단일국가의 민족의식을 표상하는 것으로 윤동주의 시 세계를 환원시켜왔다면, 하종오의 작품은 한국문학사의 전통이 윤동주의 경우처럼 단일국가 또는 단일민족의 범주에 국한될 수 없음을 드러낸다.

죽은 한국 시인이 한국사와 얽혀 있는 자신의 개인적 체험에 근거하여 한국에서 벌어지는 이주민의 고통과 공감하고 연대하는 시적 상상은 이번 연작시편 곳곳에서 발견된다. 그와 같은 상상은 이중의 효과를 산출한다. 첫째로 시인이 한국사와 무관하게 동남아 노동자나 예멘 난민 신청자를 시적 소재로 다룬다면, 한국 국적의 독자는 그 이주민과 자신이 어떻게 같고 다른지를 그다지 절실하게 고민해보지 않을 것이다. 하종오 연작시는 조선 후기부터 일제 강점기에 걸친 한국인들의 고통스러운 이주 체험이 한국 내 이주민들의 고통스러운 삶과 닮아 있음을 형상화함으로써 한국 내 이주민에 대한 감정적 이해를 촉발시킨다. 동시에 그렇게 촉발된 연대감을 원동력으로 삼아서, 이주민들이 한국에 이주하게 된 상황과 이유의 특수성까지 적극적으로 인식하도록 유도하는 것이다.[2]

둘째로 이주의 기억을 유비시킴으로써 이주민과 한국인을 연결시키는 하종오 연작시의 독특한 상상력은 문제 해결의 책임을 한국 국민에게 지우는 효과가 있다. 한국 내 이주민들이 아직도 겪고 있는 고통은 한국 국민들이 자신의 인식을 변화시킬 때에만 궁극적으로 해소될 것이다. 이주노동자의 열악한 노동 환경과 다문화가정에 대한 차별은 한국 국민의 내면에서 강력하게 작동하는 혐오와 배타의 문화로부터 비롯한다. 위에 인용한 시의 마지막 대목에서 시인지망생인 예멘 청년 하산 씨가 윤동주에게 전한 메시지도 그러한 효과를

* *

2. 이러한 시적 효과는 「죽은 시인의 사회·25」에서도 잘 나타난다. 이 시에 나오는 김수영 시인은 "제주에 온 예멘인들을 돕"고 있다. 이는 김수영 시인이 "부모님을 따라 만주 지린성으로 이주하여 / 잠시 난민으로 살아본 경험이 있"다는 배경정보에 의해 뒷받침된다. 이처럼 하종오의 시는 경험의 유사성을 통해서 윤동주·김수영에 대한 기억을 예멘 난민 신청자의 고통스러운 현실 속에 투사시킨다.

뚜렷하게 발생시킨다. 한국어를 배우고 싶다, 한국어로 시를 쓰고 싶다, 한국인들에게 전하고 싶다, 한국어를 가르쳐 달라는 그 메시지의 내용은 예멘 난민 신청자의 목소리가 한국인의 언어로 번역되어야 하며 한국인에게 보다 넓고 깊게 인식되어야 함을 뜻한다. 또한 그 메시지의 전달 방식을 예멘 청년 → 윤동주→ 시적 화자의 방향으로 정교하게 설정한 시적 기법은 이 문제에 응답해야 할 책임의 자리에 시적 화자를 비롯하여 현재를 살아가는 한국(시)인이 놓여 있음을 느끼게 한다.[3]

과거에 한국인이 경험했던 고통을 현재 한국에서 살아가는 외국인의 고통과 연결시키는 시적 기법은 한국적 특수성과

• •

3. 과거로부터 끌어온 기억을 현재의 문제 속으로 투사시키는 시적 기법은 하종오의 시 세계의 미래지향적인 성격을 보여준다. 예컨대 「죽은 시인의 사회·10」의 다음과 같은 마지막 대목을 눈여겨볼 필요가 있다. "김종삼 시인은 내 속짐작을 알아차렸는지 정색하고 귓속말했다/ 어떻게 해야 시를 잘 쓸 수 있는지/ 김소월 시인이나 백석 시인에게 물어도 묵묵부답하지 않겠는가/ 그런즉 독자 모두 기다리고 있는 신작시를 발표해 달라고 부탁하게나" 이 작품의 시적 화자는 김소월과 백석이라는 두 선배 시인에게 시작법을 물어보려고 했으나, 김종삼은 그런 질문보다도 신작시를 발표해달라고 요청하는 편이 어떻겠느냐고 조언하는 것이다. 시작법이 과거의 전통에 가깝다면, 신작시는 현재의 삶과 맞물려 있는 창조물에 가깝다. 김소월과 백석은 남북 분단과 같은 현실 정치의 제도로 인해 훼손되거나 단절된 시인 정신을 은유한다고 볼 수 있다. 하종오의 시에서 그러한 시인 정신을 상기하여 현재의 시점으로 불러내는 행위는 단지 시작법처럼 고정화된 옛것을 그 자체로 복원한다는 뜻이 아니다. 그것은 신작시처럼 현실과 함께 호흡하는 창조력과 생명력을 그 시인 정신 속에서 끄집어낸다는 뜻이다. 이렇게 본다면 하종오의 시 세계에서 '탈분단'이라는 주제가 중요한 이유는 고정화된 과거의 '민족적 단일성' 따위를 '복원'하기 위해서라기보다도, 현재 한반도에 거주하는 인민의 삶에 있어서 새로운 변화의 가능성을 모색하기 위해서라 할 수 있겠다.

세계적 보편성을 균형감 있게 조화시킨다. 예컨대 한국문학은 전쟁과 분단의 경험을 담고 있다. 전쟁과 분단은 오늘날에도 전 세계 곳곳에서 벌어지는 문제다. 그렇다면 한국문학은 전쟁과 분단의 문제를 겪고 있는 비한국인 인민과도 내밀한 공감과 연대를 나눌 수 있을 것이다. 예를 들어 「죽은 시인의 사회·3」에서는 한국에서 인도적 체류 허가를 받은 예멘 어린이와 권정생 시인 사이의 대화 장면이 제시된다. 권정생은 그의 대표작 『몽실언니』와 같이 한국전쟁으로 인해 고통스러운 삶을 살아야 하는 어린이의 이야기를 남겨서 많은 어린이들의 정서에 깊은 영향을 끼친 작가다. 그와 같이 한국전쟁으로 인해 얼마나 많은 어린이의 삶이 무고하게 훼손되는지를 경험한 바 있다면, 전쟁의 위험에 노출된 예멘 어린이의 현실에 무관심할 수 없을 것이다. 이러한 시적 인식은 지구화 시대를 맞아 한국문학이 어떠한 의미를 가질 수 있으며 무엇을 할 수 있는지를 잘 보여준다.

4. 시인다움의 본질적 의미

이번 연작시집은 지금까지의 하종오 시 세계에서 다뤄온 주제들을 거의 모두 포괄한다. 남북한 분단 문제는 하종오의 초기 민중시부터 최근의 탈분단시까지에 이르는 주제다. 80년대와 2000년대의 민주주의를 위한 시민항쟁은 그의 80년대 민중시뿐만 아니라 2017년 시집 『겨울 촛불집회 준비물에 관한 상상』(도서출판 b)에서도 다루어졌다. 농촌 현실에 대한 관심도 「벼는 벼끼리 피는 피끼리」의 농민적 어법으로부터 최근의 여러 시집들에 이르기까지 일관되게 나타난다. 동남아 이주노동자와 제주의 예멘 난민 신청자에 관한 시집도 이미 상재한 바 있다. 이처럼 시집 『죽은 시인의 사회』가 지금까지 제출된 하종오 시 세계의 거의 모든 주제를 포괄한다는 사실 또한 이 시집이 시인의 존재 방식에 관한 하종오의 사유를 담고 있다는 것과 밀접하게 연관된다.

시인의 존재 방식이라는 화두와 관련하여, 우리는 이 시집에서 선보인 하종오 시의 새로운 유형에 주목할 필요가 있다. 이전의 하종오 시 세계에서 본격적으로 다룬 바 없으나 이번 시집에 새로이 등장하는 주제는 한국 문단과 문인의 특수한 경험에 관한 것이다. 문인들의 대일협력과 신군부독재부역, 문화예술계 블랙리스트 사태 등의 주제가 그러한 유형에 해당한다. 앞서 살펴본 작고시인 연작이 분단이나 이주 등의 여러 현실 문제를 시인 정신의 관점에서 고민한 것이라면, 새로운 유형의 작고시인 연작은 문인의 구체적이고 특수한 경험에 근거하여 시인의 올바른 존재 방식이 무엇이어야 하는지를 훨씬 더 본격적으로 탐색한 것이라 할 수 있다. 후자의 시편 중에서 특히 재미난 점은 생전의 행적에 따라 작고시인의 위치를 천상과 지하로 나누어놓은 대목이다.

(가)

내가 시를 함부로 쓴 잘못을 저질러서 온 지하의 이쪽 세상에서
는

친일시를 쓴 시인들이 와 있는 지하의 저쪽 세상이 보이지
않아

노천명 시인과 모윤숙 시인이

공동 창작하는지 알 순 없어도

(…)

지하의 저쪽 세상에서 천상의 세상으로 옮겨가기 위해서

하늘을 감동시켜야 한다면

노천명 시인과 모윤숙 시인으로선

직업이 작고시인인 처지라

공동 창작이 손쉬운 작업이 아닐 수 없을 터였다

— 「죽은 시인의 사회 · 20」, 부분

(나)

헛된 시를 많이 쓴 죄로

지하 이편에서 떠돌다가 돌아온 내가

독재자에게 시 한 편씩 써서 바친

조병화 시인*과 서정주 시인과 김춘수 시인에게

지하 저편에서 잘 지내다가 돌아왔는지 물으려는데

조병화 시인과 서정주 시인과 김춘수 시인이

이육사 시인에게 천상이 어떤 곳이냐고 물었다

이육사 시인이 동문서답하기를

시인이 독재자에게 부역하기 위해 쓴 헌시를

독자가 기억하지 않는다면

그 시인이 쓴 서정시랄까 순수시랄까

그런 시도 독자가 기억하지 않아야 한다고 말했다

조병화 시인과 서정주 시인과 김춘수 시인을 제외한

나머지 시인들 모두 고개를 숙였고,

지하에서 보낸 인생에서 깨달은 점은

시를 잘못 쓴 죄가 가장 큰 죄라는 진실이었다고

어떤 시인이 고백했을 때,

천상에 계시는 한용운 시인과 이상화 시인과 윤동주 시인도

그런 말씀을 해서 마침 전하려던 참이었다고 화답한 이육사
시인은

다음번에 천상에서 놀러 나올 때엔

그 시인들과 함께하겠다고 언약했다

　　　　　　　　　　　　　　　 ― 「죽은 시인의 사회 · 18」, 부분

　(가)와 (나)의 공통점은 시인들의 사후 세계를 천상 / 지하
이편 / 지하 저편의 세 영역으로 나눈다는 점이다. 먼저 천상에
는 이육사, 한용운, 이상화, 윤동주 시인이 살고 있다는 시적
정황을 (나)에서 찾을 수 있다. 이들의 공통점은 일제에 타협하

지 않고 저항하며 뛰어난 작품을 남긴 시인으로 기억된다는 점이다. 다음으로 지하 이편에는 시적 화자가 살고 있는데, 그 이유를 (가)에서는 "시를 함부로 쓴 잘못" 때문이라고 했으며 (나)에서는 "헛된 시를 많이 쓴 죄" 때문이라고 했다. 마지막으로 지하 저편에는 (가)의 노천명, 모윤숙 시인처럼 "친일시를 쓴 시인들'과 더불어 (나)의 조병화, 서정주, 김춘수 시인처럼 "독재자에게 시 한 편씩 써서 바친" 시인들이 살고 있다.

뛰어난 시를 남긴 저항 시인이 죽어서 천상에 갔다는 점은 그리 어렵지 않게 수긍할 만하다. 보다 흥미로운 점은 지하 이편의 시적 화자와 지하 저편의 친일·독재부역 시인들이 공통적으로 지하에 있다는 부분이다. 지하 저편에 살고 있다는 노천명과 서정주와 김춘수 등은 작품성이 훌륭한 시를 여러 편 남겨 한국현대문학사에 빼놓을 수 없는 시인으로 평가받는다. 아직까지도 적지 않은 이들이 그들의 오욕 어린 삶의 행적과 뛰어난 예술적 성과를 분리시켜서 평가해야 하지 않느냐고 생각한다. 비록 친일이나 독재부역을 저지른 시인들이라 할지라도, 그들의 작품이 뛰어나다는 사실까지 부정할 수야 있겠느냐는 논리에서다. (가)와 (나)는 그런 시인들을 시적 화자와 같이 지하에 위치시킨다. 일반적으로 우리는 살아서 죄를 많이 짓지 않은 사람이 죽어서 천상에 가며, 살아서 죄를 많이 지은 사람이 죽어서 지하에 간다고 상상한다. 그렇다면 (가)와 (나)에서 시인의 사후세계를 천상과 지하로 나누는 기준은 시인으로서 죄를 얼마나 지었는지의 여부일 것이다. 시인으로서의 죄가 가벼운 자는 천상에 살 수 있으며, 시인으로서의 죄가 무거운 자는 지하에 떨어져 있다. 그러므로 시적 화자와 같이 '헛된 시(작품성이 부족한 시)를 많이 남긴' 시인도 좋은 시인이 아니며, 노천명·서정주·김춘수 등과 같이 '작품성이 높은' 시를 많이 쓴 시인도 좋은 시인이 아니라는 뜻이다. 이처럼 양쪽 모두를 지하에 위치시킨 기법은 '현실적 인간성을 단죄할 수 있어도 시인으로서의 문학적 위상까지 단죄하기는 어렵다'는 견해를 반성케 한다.

더 나아가 (가)와 (나)에서는 작품성이 낮은 시를 쓴 시인의 죄보다도, 작품성이 높은 시를 남긴 친일·독재부역 시인들의 죄가 더욱 무겁게 표현되어 있다고 해석해볼 수 있다. 전자는 지하 이편에 있고 후자는 지하 저편에 있다고 표현한 점에서 그러한 해석이 가능하다. 이편이 가까운 곳을 가리키며 저편이 먼 곳을 가리키므로, 지하에서도 더 먼 곳에 있다는 것은 죄가 더 크다는 것을 암시한다. (가)와 (나)의 텍스트 내부에서 그 이유를 찾아본다면, 지하의 저쪽 세상에 위치한 시인들은 삶에서뿐만 아니라 작품에서도 친일과 독재부역을 저지른 탓이 아닐까 싶다. 지하 저편에 있다고 거론된 시인들은 "친일시"를 썼으며 "독재자에게 부역하기" 헌시를 쓴 자들이다. 시 작품과 무관하게 작품 외적으로만 친일이나 독재부역 행위를 저지른 시인들은 지하 저편 세상의 명단에 포함되어 있지 않다. 죄의 경중에 따라 지하 이편과 지하 저편을 구분한 시인의 상상 속에는, 친일과 독재부역을 시 창작 속에 포함시킨 것이 시인으로서 저지를 수 있는 가장 큰 죄라는 시인의 사유가 담겨 있다. 그것이 작품성이 부족한 시를 쓰는 것보다도 훨씬 더 시를 더럽힌다는 것이다.

이처럼 시인의 사후세계에 관한 하종오의 상상력은 가장 비본질적인 시인의 존재 방식이 무엇인지에 대한 시인의 사유를 담고 있다. 지하 저편의 시인과 같이, 일제 강점이나 신군부 독재와 같은 지배 권력의 입장을 자신의 작품에서 동조하는 것이야말로 가장 시인답지 못한 태도라는 것이다. 이 명제를 다음처럼 뒤집어보면, 하종오에게 있어 가장 시인다운 태도가 무엇인지도 짐작해볼 수 있다. 천상의 시인과 같이, 지배 권력에 의해 억압받는 인민의 고통을 표현하는 것이야말로 가장 시인다운 시인으로 사는 것, 즉 가장 본질적인 시인의 존재 방식이리라는 것이다.

시인의 존재 방식에 관한 본질적 사유는 시인답지 않게 살았던 과거의 시인들을 어떻게 취급해야 할지의 문제와도 이어진다. 이에 관해 (나)에서는 다음과 같은 이육사 시인의 전언을 들려준다. "시인이 독재자에게 부역하기 위해 쓴 헌시를/ 독자가 기억하지 않는다면/ 그 시인이 쓴 서정시도/ 독자가 기억하지 않아야 한다"는 전언이다. 이 구절은 두 가지

의미로 해석해볼 수 있다. 첫째, 그 시인의 서정시를 기억한다면 그의 독재부역 작품까지 기억해야 한다는 주장으로 읽을 수 있다. 둘째, 그 시인의 서정시가 독자들에게 더 이상 기억되어서는 안 된다는 주장으로도 해석이 가능하다. 둘 중에 어느 쪽 해석을 택하더라도, 이 구절은 시인과 기억의 관계를 숙고하게 만드는 효과를 발생시킨다.

「죽은 시인의 사회」에서 과거의 시인들이 겪었던 부조리는 현재에도 되풀이되고 있는 것으로 그려진다. 예컨대 「죽은 시인의 사회·30」에서는 "문화예술계 블랙리스트/ 작성 연루 공무원 전원 처벌을 요구하며/ 거리 저편에서 천상병 시인이 1인 시위를" 한다. 시인 천상병은 박정희 군사독재정권의 간첩조작사건에 의해 고문을 당한 바 있다. 이 간첩조작사건은 학계 및 문화예술계의 여러 인사들을 탄압하며 매카시즘의 광기로 언론·표현·사상의 자유를 침묵케 했다. 박근혜 정권에서 조직적으로 자행한 "문화예술계 블랙리스트" 또한 정부의 입맛에 맞지 않는 문화예술 활동을 부당하게 탄압한 사건이었다. 작품 속의 천상병은 블랙리스트가 간첩조작이라는 과거의 되풀이이며, 그것이 심각한 자유의 억압이라는 점을 직각하지 않을 수 없었을 것이다. 블랙리스트 속에 "자신의 이름은 들어 있지 않"음에도 책임자 처벌을 위해 1인 시위에 나섰다는 대목에서 그 점을 충분히 짐작해볼 수 있다.

과거의 잘못이 현재에 되풀이될 때마다, 그 과거의 잘못에 관련된 시인들의 작품도 현재의 독자들에게 다시금 떠오른다. 일제 강점과 친일이라는 과거사의 문제는 아직까지 철저한 반성의 과정을 거치지 못한 채로 남아 있다. 이와 관련해서 「죽은 시인의 사회·24」는 "일본군 위안부 문제 해결을 위한 정기 수요집회에 / 오늘도 한용운 시인이 참가했다"는 시적 정황을 제시한다. 이는 반성 없는 일본 정부에 대해 분노하는 사람들의 마음이 한용운의 시 정신과 이어져 있다는 은유로 읽힌다. 한용운과 대조적으로 "최남선 시인과 / 이광수 시인"은 "모퉁이에 숨어서 / 수요집회를 바라다보고" 있다. 이는 일본 정부의 과거사 반성이 불필요하다고 생각하는 사람들의 마음이 최남선·이광수 문학의 또 다른 모습일지도 모른다는 은유로 읽힌다. 요컨대 이 시에서 일제에 저항했던 시인과 일제에 협력했던 시인은 오늘날 우리들의 정의로운 마음과 정의롭지 못한 마음을 각각 비유하는 것이다. 이는 시인의 마음가짐이 모든 사람의 마음가짐과 맞닿아 있다는 통찰을 담고 있다.

하종오는 시의 본질적 사명이 사람의 바른 마음을 집약하고 구현하는 데 있다고 생각하는 듯하다. 죽은 시인의 사후세계를 판가름하는 시편은 그 본질적 사명을 저버린 죄가 얼마나 무거운지에 대해 냉엄하게 질문한다. 바르지 못한 마음을 담은 시는 바른 마음을 품으려는 후대의 사람들에게 용기와 위안과 의지가 되지 못하기 때문이다. 그러나 「죽은 시인의 사회」 연작의 미덕은 시인을 일반 대중의 사표인 양 우상화하지 않으며, 시를 삶의 본보기인 양 특권화하지 않는다는 점에 있다. 하종오의 시편은 블랙리스트에 분노하고 위안부 문제 해결에 목소리를 높이는 사람들의 마음속에 이미 시의 본질적인 사명이 살아 있음을 형상화하고 있지 않은가. 이번 연작 시편이 "시인이라는 고유명사"가 "보통명사가 되"는 세상을 꿈꾸는 이유도 그 때문일 것이다(「죽은 시인의 사회·21」).

5. 오늘날, 한국에서, 시를 쓰는 일

지금까지 「죽은 시인의 사회」 연작을 시간성, 장소, 시인이라는 세 가지 측면에서 살펴보았다. 먼저 이번 연작은 과거와 현재와 미래 사이의 시간교란을 통하여, 억압에 신음하면서도 그 억압에 저항해온 인민의 수많은 역사적 기억들을 역동적으로 상기시킨다. 하종오의 시에서 한국이라는 특정 장소는 그처럼 복합적인 기억을 수렴하고 응축하여 유기적인 의미의 그물로 엮어주는 역할을 한다. 때문에 그의 시는 '한국인'이라는 혈통적 민족 개념을 넘어서, 한국이라는 장소 내에서 억압받고 저항하는 인민 모두의 삶이 서로 밀접하게 관련되어 있음을 시적으로 형상화한다.

나아가 이번 연작 시집이 이전까지의 하종오 시 세계와 특별히 구분되는 지점은, 그러한 시간성과 장소의 문제가 시인의 본질적 의미에 대한 문제로 집중된다는 데 있다.

다시 말해서 이번 시집은 오늘날의 한국이라는 시공간에서 시인의 마음가짐이 어떠해야 하는지를 본격적으로 탐문한다는 것이다. "시인이란 사후에 단 한 편의 시로 / 어디서든 과거에서 현재로 생환한다"고 하종오는 말한다(「죽은 시인의 사회・33」). 그에게 시인의 마음이란 만인의 마음을 담아내는 그릇과 같다. 죽은 시인의 올바른 마음을 담은 작품은 현재의 우리들 마음속에 힘과 꿈을 주는 것으로 살아 돌아올 수 있다. 하종오가 친일시나 독재정권에 부역하는 시를 쓴 자들의 죄에 대해 냉엄한 평가를 내리는 이유도 그 때문이다. 그러면서도 시인의 마음가짐을 시인에게서만이 아니라 만인 속에서 발견하고자 한다는 점에서 하종오의 시는 미덥다. 그리하여 이 시집을 덮고 나면, 제주 출입국 외국인청 마당에서 함께 힘겨워하는 이들의 마음속에, 농성장과 시위대에서 더불어 힘을 모으는 이들의 마음속에, 그 무수히 빛나는 시인들의 이름이 새겨져 있음을 느낄 수 있는 것이다.

죽은 시인의 사회

초판 1쇄 발행 2020년 3월 30일

지은이 하종오
펴낸이 조기조
펴낸곳 도서출판 b

등록 2003년 2월 24일 제2006-000054호
주소 08772 서울시 관악구 난곡로 288 남진빌딩 302호
전화 02-6293-7070(대) 팩시밀리 02-6293-8080
홈페이지 b-book.co.kr 이메일 bbooks@naver.com

ISBN 979-11-89898-24-3   03810
값_10,000원